KB234579

닌자 걸스

김혜정 장편소설

비룡소

동생들의 영원한 마징가 Z,
미선 언니에게

| 차례 |

01

곤란한 아이

"182번 고은비 씨, 준비하세요."

드디어 내 차례가 되었다. 거울을 꺼내 마지막으로 얼굴을 비춰 본 후 옷매무새를 다듬었다.

심사장 문 앞에 서서 181번 여자애가 나오기를 기다렸다. 181번은 일일 연속극에 출연 중인 아역 배우다. 매니저에 코디까지 따라왔다. 유명하지는 않지만 요즈음 텔레비전에 자주 나온다.

오디션 시간이 길어지는 걸 보니 이것저것 준비해 온 게 많은 것 같다. 문 앞에 서서 대기한 지 오 분이 넘었다.

대사를 소리 없이 외우고 있는데 문이 열렸다. 여자애의 얼굴에 미소가 가득했다. 아까 앉아 있을 때보다 훨씬 더 날씬해 보였다. 몸에 쫙 달라붙는 저지 소재의 원피스가 몸매를 더욱 부각시켜 주었다.

181번은 나를 보고 한쪽 입꼬리만 올린 채 웃고는 사라졌다.

나는 배에 달라붙는 티셔츠를 떼어 냈다. 점심까지 굶었지만 소용없었다. 배를 감추기 위해 어깨를 쫙 펴고 가슴을 내밀었다.

심호흡을 크게 한번 하고 난 후, 드디어 오디션 심사장 문을 열었다.

심사장은 생각보다 규모가 컸다. 교실 두 개를 합친 듯한 크기에 달랑 심사위원 책상 세 개만 놓여 있어 무척 썰렁했다.

심사위원석 앞으로 재빠르게 걸어갔다. 거기에는 사십 대 초반으로 보이는 남자 두 명과 여자 한 명이 앉아 있었다.

"안녕하세요, 박상미 역에 지원한 182번 고, 은, 비입니다."

최대한 밝은 목소리로 또박또박 내 소개를 했다. 심사위원들은 나를 위아래로 한번 훑어보더니, 다시 서류 뭉치로 고개를 파묻고는 아무 말도 하지 않았다.

"저, 대본 연습한 거 한번 해 볼까요?"

나는 심사위원석에 한 발짝 더 가까이 다가가 물었다.

"됐어. 그만 나가 봐!"

"예?"

“나가 보라고.”

가운데에 앉은 대머리 아저씨가 심드렁하게 말했다. 남자는 옆머리를 한 올 한 올 곱게 빗어 머리숱이 없는 부분을 가렸지만, 이마가 군데군데 번쩍번쩍했다. 남자 앞에는 ‘책임 프로듀서’라고 쓰인 명패가 놓여 있었다.

“저 아직 연기 테스트 안 받았는데요?”

“참 나, 네가 이 역할에 어울린다고 생각해?”

난 청소년 특집 드라마 「드림걸스」의 조연 ‘박상미’ 역할에 지원했다. 상미는 얼굴은 예쁘지 않지만 탤런트가 되길 꿈꾸는 활발한 성격의 여고생으로, 나에게 꼭 맞는 역할이다.

“우리가 원하는 건 예쁘지 않은 거지, 너처럼 뚱뚱하고 못생긴 게 아니라고. 이게 어디 드라마를 망치려고 그래!”

“저 상미 역할 잘할 수 있습니다. 연기 테스트 한 번만 받게 해 주세요.”

간절히 애원했다. 그러나 대머리 아저씨는 설레설레 고개를 가로저었다.

“됐어. 넌 해 보나 마나야.”

그래도 난 서둘러 연습해 온 것을 연기했다.

“이번에 또 떨어진 거 있지? 정말 미치겠어. 도대체 언제쯤…….”

"됐다니까! 우리가 시간이 남아도는 줄 알아?"

대머리 아저씨는 들고 있던 서류 뭉치를 탁자 위에 탁 소리가 나게 던졌다. 난 연기를 멈추었다.

"해도 정도껏 해야지. 너같이 생긴 애들은 텔레비전에 나올 수 없어. 넌 거울도 안 보냐? 못생겼으면 날씬하기라도 하든지."

그는 연기 테스트 할 시간은 없다면서 비아냥거릴 시간은 넉넉한 듯했다.

"탤런트가 되고 싶으면 살을 빼. 너 아주 이기적이구나? 그 몸으로 어디 텔레비전에 나오려고 해! 바깥에 서 있는 애들 안 봤어? 다 날씬하고 예쁘잖아. 그 애들이 노력 없이 그런 줄 알아? 다이어트 하고, 성형하고, 난리도 아니라고. 그런데 넌 뭐야? 도대체 뭘 믿고 그 몸으로 여길 와? 너네 아빠 재벌이야? 대통령이야?"

그러자 옆에 앉은 작가라는 여자 심사위원이 대머리의 팔을 잡아당겼다.

"됐으니까 얼른 나가 봐."

대머리는 내 얼굴을 쳐다보지도 않고 말했다.

나는 대머리에게 "어쩜 그렇게 심한 말을 하세요? 그리고 아저씨는 뭐 잘생겼는지 아세요? 옆으로 빗어 넘긴 머리 엄청 우습거든요?" 하고 말하고 싶었다. 하지만 내 입에서 나온 소리는 이게 다였다.

"그럼 안녕히 계세요."

동시에 90도로 허리를 숙여 인사했다. 누가 넌 자존심도 없느냐고 묻는다면, "그건 토끼의 간과 함께 육지에 있어요."라고 대답할 거다.

"야, 그리고 네 이름부터 바꿔. 생긴 거랑 어울리지 않게 고은비가 뭐냐? 넌 이름부터가 기분 나빠!"

등 뒤로 대머리가 소리치는 게 들렸다.

갑자기 눈앞이 흐릿해졌다. 나는 다른 대기자들에게 보이지 않기 위해 얼른 바깥으로 뛰쳐나왔다. 오늘도 연기 테스트 한 번 제대로 받지 못하고 쫓겨났다.

아무리 닦아 내도 흐르는 눈물은 멈출 줄을 몰랐다.

저 대머리 자식, 옆머리마저 몽땅 빠져 버려라!

연락한 지 삼십 분이 채 되지 않아 소울이와 지형이가 나타났다. 바쁘다고 뭉길 땐 언제고, 햄버거를 사 주겠다는 말에 흔들리기 시작하더니, 노래방까지 쏘겠다는 말에 지금 당장 나갈 테니 전화를 끊으라고 했다.

"아이 참, 코미디언 뽑는 거였으면 너 금방 뽑혔을 텐데."

지형이가 손가락에 묻은 케첩을 쪽쪽 빨며 말했다.

"코미디언 해 볼 생각 없어? 코미디도 연기잖아. 넌 무대에 서 있는 것만으로도 웃길 거야. 네 외모는 딱 코미디에 맞게 타고났는데 말이야."

나는 다 먹고 난 햄버거 포장지를 주먹으로 구겼다.

"릴라, 네가 코미디언 하면 정말 대박일 거야. 아예 살을 조금 더 찌워서 코미디 쪽으로 나가는 게 어때? 우리나라에서 최고 뚱뚱한 코미디언이 되는 거야!"

지형이가 떨리는 내 주먹을 보더니 조용히 입을 다물었다.

"오늘 오디션에서 떨어진 건 다 내 이름 때문이야!"

난 이렇게 외친 뒤 콜라 뚜껑을 열어 단숨에 다 마셨다. 탄산 때문에 목이 따가웠지만, 차가운 음료가 속에 들어가니 열이 좀 식었다.

내 이름이 '고은비'만 아니었어도 오디션에서 연기 테스트는 받을 수 있었을 것이다. 서류에 적힌 내 이름을 보고 심사위원들은 얼굴이 예쁠 거라 기대했을 거다. 하지만 이름과 어울리지 않게 생긴 내가 나타나자, 갑자기 실망감이 몰려와 아예 테스트 기회조차 주지 않은 게 분명하다.

"그래, 네 외모랑 이름이 너무 안 어울리긴 하지."

킥킥대던 지형이는 내가 째려보자 슬그머니 일어나서 화장실에 다녀오겠다고 했다.

정말 곤란한 이름이다. 70킬로그램이 넘는 거구 여자애의 이름이 고은비라니 내가 생각해도 너무 안 어울린다. 고은비라는 이름은 예쁘고 귀엽게 생긴, 자그마한 몸을 가진 사람에게 어울린다. 하지만 나는 얼굴이 예쁘거나 귀엽지도, 몸이 아담하지도 않다. 게다가 남자들처럼 목소리가 꽤 굵은데, 그 목소리로 "고은비예요."라고 말하면…… 으, 하여튼 난 고은비라는 이름이 너무 싫다. 차라리 친구들이 '고릴라', '고뚱땡'이라고 불러 주는 게 더 좋다.

"이놈의 이름을 당장 바꿔 버려야지!"

시간이 지났지만 조금도 분이 풀리지 않았다.

"고뚱땡, 그건 아니지."

소울이가 우유 팩에 빨대를 꽂으면서 말했다. 벌써 두 팩째다. 키가 매우 작은 소울이는 (자기는 끝까지 155센티미터라고 우기지만, 내가 보기엔 152센티미터밖에 안 되는 것 같다.) 지금이라도 우유를 많이 먹으면 키가 클 거라며, 하루에 우유를 1,000밀리미터 이상 마셨다.

"뭐가 아니라는 거야?"

"넌 이름 때문에 떨어진 게 아니야. 외모 때문에 떨어진 거라고. 현실을 직시해."

"뭐?"

"이름 탓하지 말라고. 넌 뚱뚱하고 못생겨서 떨어진 거야. 이름 콤플렉스 좀 갖다 버려. 너의 진짜 문제는 외모니까."

소울이는 표정 하나 바꾸지 않고 아주 태연하게 말했다.

"뭐라고?"

벌떡 일어서서 소울이에게 주먹을 날리려는 자세를 취했다. 하지만 소울이는 조금도 당황하지 않고 오히려 고개를 뻣뻣이 들고 두 눈을 똑바로 뜬 채 나를 노려보았다.

"야, 너희 뭐 하는 거야?"

화장실에서 나오던 지형이가 우리를 발견했다.

"그만해. 왜 또 싸워?"

지형이가 내 어깨를 잡아 자리에 앉혔다.

"드라마나 영화에서 뚱뚱한 배우 나오는 거 봤어? 거기서 뚱뚱한 건 우리가 흔히 통통하다고 여기는 정도라고."

가까스로 화를 참은 나를 소울이가 계속 긁어 댔다.

"탤런트가 되고 싶다면 살을 빼. 20킬로그램은 빼야 오디션에 가서 제대로 테스트 받을 수 있을 거야. 그 전에는 어림도 없다고."

콩알만 한 소울 계집애는 내 기분은 상관하지 않은 채 계속해서 충고를 가장한 비난을 퍼부었다. 쟤네 아빠가 혹시 그 대머리가 아닐까?

더 이상 그대로 당하고 있을 수만은 없었다.

"이 초딩이 지금 어디서 까불어?"

딱 한마디 내뱉었지만 즉각 반응이 나타났다.

"뭐? 너 다시 한 번 말해 봐!"

소울이가 씩씩거리며 덤볐다. 코를 벌렁거리는 걸 보니, 화가 잔뜩 난 게 분명했다.

"초딩이라고 했다. 어쩔래?"

"오디션 떨어진 걸 왜 나한테 화풀이해?"

"네가 먼저 시비 걸었잖아, 이 땅콩아!"

"고뚱땡, 완전 재수 없어! 너 당장 꺼져!"

소울이가 악을 써 댔다.

"그래, 안 그래도 가려고 했어. 잘 있어라, 이 왕재수 초딩아!"

소울이의 얼굴에 대고 '초딩'을 한껏 강조하여 외쳤다. 소울이는 당장이라도 눈알이 튀어나올 것처럼 나를 노려보았고, 난 조금도 개의치 않고 자리에서 일어섰다. 지형이가 나를 잡아 세웠지만 난 지형이의 팔을 뿌리쳤다.

유유히 걸어가고 있는데 등 뒤에서 소울이의 목소리가 들렸다.

"너 집에 가서 꼭 거울이나 봐! 제발 분수 좀 알라고. 고뚱땡, 네가 그 몸매로 탤런트가 될 수 있는지 한번 두고 보자!"

사람들이 날 보고 비웃는 것 같아서 서둘러 가게 문을 열고 나왔다. 다시는 이소울 따위와 놀지 않을 거다. 이소울과 말을 하면 평생 이 몸매로 살아도 좋다.

"엄마, 나 단식원 좀 보내 줘!"

집에 들어서자마자 소리쳤다. 하지만 엄마는 아무 대꾸도 하지 않고 방으로 들어가려고 했다. 난 엄마를 잡아 세웠다.

"엄마, 제발 좀! 응?"

"왜 또 그래?"

엄마는 내 팔을 억지로 떼어 냈다.

"애들이 자꾸 뚱뚱하다고 놀려."

"누가? 누가 놀리는데?"

"몰라. 하여튼 다 놀려."

"놀리는 애들이랑 안 놀면 되잖아. 그런 친구 왜 사귀니?"

엄마는 한마디도 지지 않는다. 꼭 이소울 같다.

"겨울방학 때 꼭 좀 보내 줘. 공부 열심히 할게, 응?"

엄마가 나를 떼어 내지 못하도록 이번엔 허리에 매달렸다.

"대학 간 후에 가도 안 늦어. 의대 합격만 해 봐. 울트라 초특급 VIP 단식원에 보내 줄게. 그러니까 딴소리 말고 공부할 생각이나 해."

또 의대를 가지고 늘어진다. 엄만 모든 일에 '의대 입학'이라는 조건을 붙였다. 살 빼는 것도 의대 입학 후, 해외여행 가는 것도 의대 입학 후, 하물며 컴퓨터를 바꾸는 것도 그때 해 주겠단다.

"삼 년이나 더 기다리라고? 그리고 내가 의대 입학이……."

'가당키나 한 줄 알아?'라는 말을 하려고 했지만, 거실로 나오는 아빠를 보고 그냥 삼켰다. 주말에 아빠와 엄마가 싸우는 걸 보고 싶지는 않았다.

"다녀왔습니다."

"음."

아빠는 소파에 앉더니 텔레비전을 켰다. 오늘 야구 중계가 있나 보다.

"여보, 볼륨 좀 줄여요. 우리 은비 공부해야 하잖아. 의대 가려면 얼마나 열심히 해야 하는지 몰라요?"

아빠는 텔레비전을 끄고 다시 안방으로 들어갔다. 나도 조용히 내 방으로 들어왔다.

옷을 갈아입고 있는데 엄마가 방문을 열었다. 들어오라고 하고 싶지는 않았지만, 손에 든 쟁반 때문에 마지못해 받아들였다. 그 안에 담긴 것은 내가 좋아하는 초콜릿 케이크와 우유였다.

목이 말라 우유를 마시려다가 소울 계집애가 떠올라 컵을 내려놓았다. 대신 포크로 초콜릿 케이크를 조심스럽게 잘라 내어 입에 넣었다. 아, 너무 맛있다. 진한 초콜릿이 입안을 가득 채우자 기분이 좋아졌다.

"엄마, 지난주에 본 모의고사 말이야. 내가 모란반에서 수리 영역 1등이래."

"정말?"

"응."

"아이구, 우리 딸 정말 대단해."

엄마는 나를 안더니 손으로 내 엉덩이를 툭툭 쳤다. 엄마가 슬슬 미끼를 물기 시작했다.

"후유, 근데 요즘 자꾸 집중이 안 돼."

"아니, 왜?"

"살 때문에. 저기 말이야, 지형이네 언니가 단식원에 갔다 왔는데 이 주 만에 5킬로그램이나 빠졌대. 난 들어가기만 하면 10킬로그램은 빠질 거야. 거기 소개로 가면 30퍼센트 할인해 준대."

엄마는 날 쳐다보지 않은 채, 있지도 않은 책상 위의 먼지를 털어 냈다.

"거기 보내 주면 정말 공부 열심히 할게. 제발 엄마, 응?"

"의대 합격하는 날, 엄마가 스페셜 코스로 등록해 준다니까?"

"엄마, 지금 내 성적으로는 의대 힘들어."

"힘들긴 뭐가 힘들어? 그리고 오빠도 간 의대를 왜 네가 못 가니? 내가 너한테 은철이보다 못해 준 게 뭐가 있어? 학원을 안 보내 줬어? 과외를 안 시켜 줬어? 다음 주에 개학하면 공부 좀 더 열심히 해. 2학기에는 성적 좀 올려야지. 1학년이라고 안심하면 안 돼. 이 년 금방 지나간다고."

갑자기 초콜릿 케이크가 너무 썼다. 난 포크를 내려놓았다.

"오빠 하나 의대 보내면 됐잖아. 꼭 나까지 의대에 가야 해?"

엄마는 가기 싫다는 오빠를 억지로 지방까지 내려 보내면서 의대에 보냈다.

"다 너를 위해서 그러는 거야. 의사 되면 네가 좋지, 엄마가 좋아?"

"왜 내가 좋은데?"

"의사만큼 좋은 직업이 어디 있어? 돈 잘 벌지, 사람들한테 인정받지, 나중에 나이 들어서도 할 수 있지. 그만한 직업이 있을 것 같아?"

엄마의 의사 예찬론이 또 시작되었다. 하여튼 이게 다 지수 아줌마 탓이다. 엄마 친구인 지수 아줌마 남편은 의사인데, 엄마는 아줌마를 만나고 집에 들어올 때마다 속이 쓰려 죽으려고 했다.

"근데 엄마, 그건 탤런트도 마찬가지야."

“뭐?”

“탤런트가 의사보다 더 좋은 직업이라고.”

“너, 그 소리 한 번만 더 해 봐!”

엄마가 버럭 화를 냈다.

“왜? 난 의사가 아니라 탤런트가 되고 싶단 말이야. 엄마도 어렸을 때 나보고 탤런트 되라고 했잖아. 내가 연기에 타고난 재능을 보인다며?”

“그건 살찌기 전에 했던 말이고!”

“왜? 뚱뚱하면 탤런트 못해? 그런 게 어디 있어?”

“어디 있긴? 텔레비전에 나오는 배우 중에 너처럼 뚱뚱한 사람 있어?”

반박할 수가 없었다. 요즘 텔레비전에 나오는 배우들은 비정상일 정도로 말랐다.

“헛소리하지 말고 공부할 생각이나 해.”

“그럼 내가 살 빼면, 탤런트 해도 돼?”

“네가 살을 뺀다고? 말이 되는 소리를 해. 살을 빼는 것보다 성적을 올려서 의대에 가는 게 훨씬 쉬울 거다. 근데 너, 요즘 설마 오디션 보러 다니는 건 아니겠지?”

엄마가 정색하며 물었다.

“아니야!”

"그래, 탤런트는 아무나 하냐? 넌 오디션 백날 봐도 안 돼. 그러니 괜히 시간 낭비하지 마."

엄마가 피식 웃었다. 엄마에게까지 이런 대우를 받다니, 내 자존심이 목 놓아 울었다.

"아니야. 나도 살 뺄 수 있어."

"됐어! 하여튼 너 아빠 앞에서 그 소리 입 밖에도 꺼내지 마! 무조건 공부 잘하고 싶단 소리 해. 알겠어?"

부모에게 거짓말하라는 사람은 우리 엄마밖에 없을 거다.

"알겠어, 모르겠어?"

"알겠어……."

입을 비쭉 내민 채 대답했다. 아빠는 자식들에게 지나치게 공부를 강요하는 엄마의 교육 방식을 좋아하지 않았다. 물론 그 이면에는 항상 돈이 문제가 되었다. 아빠는 생활비의 대부분을 과외비와 학원비에 투자하는 엄마를 이해하지 못했다. 엄마와 아빠는 그 문제로 자주 다퉜다. 하지만 오빠가 의대에 진학한 이후로 아빠는 자식 교육을 엄마에게 일임하게 되었고, 엄마는 나까지 의대에 보내고야 말겠다는 '미션 임파서블'을 수행 중이었다. 초등학교 때 연기 학원에 쏟아붓다가 난 손해를 의대 진학으로 한 방에 만회하겠다는 계획이었다. 난 엄마 친구들 사이에서 잘못된 조기 교육과 치맛바람의 실패작으로 불렸다.

"고은비, 말도 안 되는 생각 하지 말고 공부 열심히 해서 의사 될 생각이나 해."

"싫어. 내 꿈은 배우라고!"

난 두 주먹을 쥐고 강하게 말했다.

"꿈은 잘 때나 꾸는 거야, 이년아."

엄마 역시 주먹 쥔 손으로 내 머리를 세게 쥐어박고는 방에서 나갔다. 주먹에 감정을 얼마나 많이 실었는지, 너무 아팠다.

머리를 손으로 문지르며 벽에 걸린 거울 앞에 섰다.

난 지금 너무 답답해. 엄마한테 혼나서 죽고 싶은 심정이라고.

곧바로 가슴이 쿵쾅거리기 시작했다. 숨이 가빠지면서 얼굴이 일그러졌다. 거울 속에는 답답함에 미치기 일보 직전인 소녀가 서 있었다.

연기 연습을 멈추고 거울에 얼굴을 바짝 갖다 댔다. 아무리 생각해 봐도 난 정말 연기력이 뛰어나다. 하지만 불행하게도 나 이외에 다른 사람들, 특히 심사위원들은 그걸 몰라준다. 그들은 내 연기력보다는 얼굴을 먼저 보고 나를 아웃시켰다.

"거울아, 거울아, 이 세상에서 가장 못생긴 사람이 누구니?"

거울 속에는 입가에 초콜릿이 잔뜩 묻은 고은비가 들어 있다. 여드름이 가득한 이마, 살에 파묻혀 잘 보이지 않은 코, 그리고 터질 듯한, 아니 어쩌면 이미 터져 버렸을지도 모르는 볼살과 그로 인해 경계를 찾을 수 없는 턱과 목. 아, 누구는 거울을 보며 세상에서 제일 예쁜 사람이 누구인지 묻는다던데 난 이게 뭐람.

"거울아, 거울아, 뚱뚱하면 정말 탤런트가 될 수 없는 거니?"

거울이 고개를 끄덕였다. 아, 너무 솔직한 거울 같으니. 난 「백설 공주」에서 가장 나쁜 사람이 왕비라고 생각하지 않는다. 왕비가 아닌 거울이다. 거울은 왜 왕비에게 솔직하게 말한 걸까? 그냥 왕비가 가장 아름답다고 말해 주면 안 되는 걸까? 왕비와 거울이 서로 한두 해 아는 사이도 아니고, 내가 보기엔 둘도 없는 사이 같은데, 그러면 거울은 뻔히 왕비의 지독한 성격을 잘 알았을 텐데……. 게다가 아름다움은 주관적인 건데, 어쩜 그렇게 홀라당 왕비를 배신하고 "세상에서 가장 아름다운 건 백설 공주님이십니다."라고 말한 거지?

결론은 한 가지다. 거울은 왕비의 안티였다. 「백설 공주」가 주는 교훈은 바로 이거다.

'거울 같은 친구를 사귀지 마라.'

거울만 만나지 않았어도 왕비는 그렇게 비참한 최후를 맞지 않았을 것이다. 이소울은 거울 같은 친구다. 오디션에 떨어진 친구를 위로해 주지는 못할 망정, 탤런트를 포기하라는 말을 하다니.

나도 태어날 때부터 지금 같았던 건 아니다. 초등학교 3학년 때까지는 고은비라는 이름이 정말 잘 어울리게 예뻤다. 얼마나 예쁘고 귀여웠으면 주위에서 탤런트 하면 좋겠다고 했고, 처녀 시절 배우가 꿈이었던 엄마는 나를 데리고 연기 학원에 갔다. 난 드라마에도 몇 번 출연했고 아동복 잡지 모델도 했다. 하지만 초등학교 4학년 때부터 조금씩 살이 찌기 시작하더니 엄마가 나를 데리고 방송국에 가는 횟수가 현저히 줄었다. 6학년 이후로는 아예 그쪽 일을 하지 못했다.

초등학교 4학년 이후로 지금까지 몸무게가 매년 정확히 7킬로그램씩 늘어났다. 단추 구멍만 한 눈으로 내 생활기록부를 체크하던 중학교 3학년 때 담임 선생님은 어떻게 매년 똑같이 7킬로그램씩 몸무게가 늘어났느냐며 내게 '세븐의 미스터리'라는 별명까지 지어 주었다.

살이 찌면서 외모가 많이 변했다. 어렸을 때 내 모습을 기억하는 사람들은 지금의 나를 두고 엄마에게 얼마나 속이 상하겠느냐며 위로 아닌 위로를 건넸다. 그럴 때마다 엄마는 보란 듯이 의사로 성공시켜, 사람들이 나에 대해 더는 함부로 이야기하지 못하게 만들 거라며 이를 갈았다. 하지만 나는 엄마와 생각이 다르다. 난 반드시 탤런트가 되어 나를 비웃던 사람들에게 한 방 먹이고 말 것이다. 모두들 나를 보면 "쯧쯧, 저렇게 살쪄서 나중에 어떻게 하려고 그래?" 하며 묻지만, 그 말 대신 "은비야, 사인 열 장만 해 주면 안 될까? 우리 애들이 너를 너무 좋아해서."라는 말이 나오도록 만들 거다. 특히 지수 아줌마, 두고 보라지! 나만 만나면 일부러 입 크게 벌리고 깜짝 놀라는 표정을 짓는데, 두 번 다시는 그러지 못하게 해 줘야지.

인기 스타 고은비는 오늘도 밀려드는 스케줄 때문에 바빠 죽을 것만 같다. 감독들이 서로 자기 작품에 출연해 달라고 성화인 와중에 고은비는 책상 가득 쌓인 시나리오를 보고, 어떤 작품을 고를까 고민 중이다.

최대한 거민한 표정을 지어 보였다. 그리고 한없이 도도한 얼굴로 이 책 저 책을 들춰 보았다.

인기 스타기 되었다는 상상을 하니 너무 좋아 날아갈 것만 같았다. 순간 날 비추고 있는 거울이 말했다.

'넌 무거워서 절대 날 수 없거든? 넌 태풍이 불어도 끄떡

없어.'

주먹을 들다가 간신히 참았다. 거울이 너무 솔직해서 탈이지, 거짓말을 한 건 아니니까.

소울 말대로 살을 빼기 전에는 오디션 합격이 어려울 것이다. 많은 감독들이 내 연기력을 칭찬했지만, 살 때문에 캐스팅이 어렵다고 했다.

살을 좀 빼는 게 어떨까? 살을 빼면 예전의 뚜렷한 이목구비도 되찾을 수 있을 것이다. 그래, 그까짓 다이어트 못할 이유가 없다. 내가 날씬해져서 예뻐지면 감독들이 서로 캐스팅하겠다고 난리겠지? 그리고 더 이상 엄마도 반대하지 못할 거다. 올해 5월에 학교에서 시행했던 신체검사에서도 정확히 몸무게가 7킬로그램이 늘었다. 더 이상 세븐의 저주를 지켜보고 있지만은 않을 것이다.

난 인터넷에 접속한 다음, 즐겨찾기에 저장되어 있는 체중 관리 사이트로 들어갔다. 예전에 다이어트를 하려고 가입해 두었던 곳이다. 아이디와 비밀번호를 누르니 내 정보가 나왔다. 마지막으로 검사를 한 게 석 달 전인데 그때에 비해 지금 2킬로그램이 더 쪘다.

현재의 키와 몸무게를 입력하고 운동량을 체크하니, 여섯 달 동안 20킬로그램을 빼려면 하루 1,100칼로리만 섭취해야 한다고 나왔다. 1,100칼로리라니, 좀 전에 먹은 케이크 두 조각만 해도 500칼로리였다. 하지만 탤런트가 되기 위해서는 초콜릿 케이크쯤 먹지 않아도 상관없다.

이제까지 다이어트는 모두 작심삼일로 끝났지만 이번에는 다르다. 독한 마음을 먹고 확실히 살을 빼고야 말 것이다.

"은비야, 밥 먹어."

엄마가 노크도 없이 방문을 열고 말했다.

"안 먹어."

"네가 좋아하는 새우튀김 했는데도?"

한낱 새우튀김과 꿈을 바꿀 수는 없다. 촬영장에 서 있는 내 모습을 떠올렸다. 바쁜 스태프들 사이로 카메라가 보이고, 그 열기 속에서 대본을 보며 큐 사인을 기다리고 있는 인기 배우 고은비…….

하지만 방문 사이로 새어 들어오는 고소한 튀김 냄새가 내 마음을 자꾸 약하게 했다.

"진짜 안 먹어?"

"알았어. 금방 나갈게."

딱 오늘까지만 먹을 거다.

난 최후의 만찬을 즐기기 위해 부엌으로 갔다.

02
눈물의 다이어트

'고은비, 배고파!'

'고은비, 뭐 하는 거야? 먹을 것 좀 달라니까!'

제발, 제발, 이것아. 그만 좀 해라. 안 그래도 기운 없어 죽겠는데 왜 자꾸 칭얼대는 거야?

배가 자꾸 신호를 보냈다. 하지만 지금 내가 어떻게 해 줄 수 있단 말인가. 난 주린 배를 살살 어루만지며 달랬다. 조금만 참자. 이번 시간만 끝나면 점심시간이니까 조금만, 조금만 더.

머릿속이 하얘지면서 오늘 점심 급식 메뉴인 콩나물국과 제육볶음, 계란찜과 김치가 눈앞에서 아른거렸다.

"딩동댕동."

수업 끝을 알리는 종이 울렸지만 영어 선생님은 아랑곳하지 않고 8과를 끝까지 다 읽었다.

"다음 시간부터 9과 들어갈 거니까 거기에 나오는 단어 외워 와라. 쪽지 시험 봐서 틀린 단어 백 번씩 써 오도록 할 테니까 알아서들 해."

영어 선생님의 말이 끝나자마자 잽싸게 일어나 급식소를 향해 뛰었다.

"야, 릴라, 같이 가."

짝꿍 지형이가 뒤에서 부르는 소리가 들렸지만 답할 여유는 없었다.

아싸, 1등이다!

급식소에는 아직 아무도 없었다. 식판을 집어 들고 배식대로 갔다.

"아줌마……, 조……금만, 조금만 주세요."

말이 잘 나오지 않았다. 입아, 제발 협조 좀 해라.

아줌마는 날 위아래로 한번 훑어보더니 정말 괜찮겠느냐는 눈빛을 보냈고, 난 문제없다는 듯 굳세게 고개를 끄덕였다.

자리에 앉으니, 그제야 아이들이 하나둘 급식소로 들어오기 시작했다.

식탁 위에 놓인 식판을 보았다. 양이 정말 적다. 평소에 먹는 것에 비하면 삼분의 일도 채 되지 않는다. 하루 1,100칼로리만 섭취하기 위해서는 간식은 일절 금지고, 보통 한식 한 끼에 700칼로리니까 하루 세끼도 뭐든 반만 먹어야 했다.

그런데 오늘따라 유달리 더 양이 적어 보였다. 계란찜은 계란 지단만큼 얇았고, 제육볶음의 고기는 실종됐고, 콩나물국에는 파만 있었다. 꼭꼭 씹어서 아껴 먹어야겠다. 게다가 음식을 천천히 먹으면 포만감이 생긴다는 글을 다이어트 책에서 봤다.

"릴라, 왜 그렇게 빨리 뛰어? 너 따라오다가 숨차서 죽을 뻔했잖아."

지형이가 맞은편 의자에 앉으면서 투덜거렸다.

"근데 너, 오늘도 그것밖에 안 먹을 거야?"

"당연하지."

"괜찮겠어?"

대답 대신에 고개를 끄덕였다. 제대로 먹지 못해서 말하는 것조차 힘들다.

"하여튼 릴라, 대단한데? 벌써 일주일째지? 너 계속 이렇게 하면 금방 살 빠지겠다."

"나 살 좀 빠진 것 같지 않아?"

잘 살펴보라고 목을 길게 빼 얼굴을 이리저리 돌렸다. 어젯밤에 몸무게를 쟀는데 일주일 만에 2킬로그램이나 줄었다.

"조금. 근데 너 얼굴이 엄청 퀭해. 다크서클이 턱까지 내려왔어."

"영양 부족이라서 그래."

왼손으로 뺨을 문질러 보았다. 내 피부가 요즘 말이 아니다. 푸석푸석하고 까칠한 게 꼭 사포 같다.

밥 한 숟가락마다 백 번씩 씹었는데, 벌써 식판이 깨끗하게 비었다. 아직 배가 부르지도 않았는데 큰일이다.

"야, 식판 뚫어지겠다. 그만 좀 내려다봐."

고개를 들려고 했지만 머리가 말을 듣지 않았다.

"내 거 더 먹을래?"

지형이는 밥을 반도 먹지 않았다. 급식소에서 모범생으로 통하는 나와 달리 급식을 남기는 아이들이 많다.

"그만 가자."

얼른 식판을 들고 자리에서 일어섰다. 지형이가 남긴 빨간 제육볶음이 나에게 유혹의 눈빛을 보냈기 때문이었다. 지형이의 식판을 일 초만 더 보고 있었더라면, 난 참지 못하고 녀석을 먹어 버렸을 거다.

"9월인데 왜 아직까지 날씨가 덥냐? 릴라, 아이스크림 먹자. 내가 쏠게."

급식소에서 나온 지형이는 뭐가 그렇게 더운지 손으로 계속

부채질을 하며 매점으로 향했다. 난 배 속 허전함에 더위가 그리 느껴지지 않았다.

"나 다이어트 중인 거 몰라?"

"아이스크림 하나 먹는다고 살 안 쪄."

"아이스크림 칼로리가 얼만데! 빙과는 80칼로리 내외고, 유크림은 200칼로리가 훌쩍 넘는다고."

"이야, 너 정말 대단하다. 그걸 다 외우고 다니는 거야? 역시 수학의 귀재는 뭔가 달라도 다르군."

"너, 그 말 하지 말라고 했지?"

지형이를 노려보았다.

"이번엔 놀린 거 아니야. 정말 좋은 뜻에서 말한 거라고. 칼로리를 다 외우다니 대단하잖아."

다이어트를 시작한 후 음식 칼로리뿐 아니라, 과자, 아이스크림의 칼로리까지 모조리 외워 버렸다. 쌀밥 한 공기는 300칼로리, 피자 한 조각은 400칼로리, 케이크 한 조각은 250칼로리, 치킨 한 조각은 200칼로리, 베스킨라빈스 싱글 레귤러는 최소 200칼로리, 콜라 한 캔은 85칼로리다. 무엇보다 충격적이었던 건 심심치 않게 먹었던 과자의 칼로리였다. 조그만 칸쵸 한 봉지가 200칼로리, 초코파이 한 개가 150칼로리, 치토스 한 봉지가 250칼로리, 새우깡은 400칼로리, 양파링은 300칼로리였고, 내가 가장 즐겨 먹던 초코 다이제스티브는 무려 750칼로리로 식사 한 끼와 맞먹었다. 칼로리를 알고 나니, 모든 음식이 적으로 다가왔다.

지형이는 아이스크림 냉장고에 손을 넣어 이리저리 뒤적거렸다. 더위사냥, 옥동자, 월드콘, 빵빠레, 메로나가 지형이의 손을 스쳐갔다.

"너 정말 안 먹을 거야?"

지형이는 결국 빵빠레를 골랐다.

"안 먹는다니까!"

애써 지형이를 쳐다보지 않으려고 노력했다. 그리고 빵빠레의 200칼로리에 해당하는 운동량을 머릿속으로 떠올렸다. 걷기 구십 분, 혹은 줄넘기 이십 분을 해야만 그 칼로리를 다 소모할 수 있다.

"근데 너, 그걸 꼭 내 앞에서 먹어야겠냐?"

자꾸 시선이 지형이의 손과 입 쪽으로 갔다. 하얀색의 부드러운 크림과 눅눅하지만 바삭함을 잃지 않은 콘까지. 빵빠레는 아이스크림콘의 아버지이자, 아이스크림계의 신화라고 할 수 있다.

"어, 미안. 빨리 먹을게."

지형이가 허겁지겁 빵빠레를 먹기 시작했다. 곧 내 입 안에서도 침이 꼴깍꼴깍 넘어갔다.

지형이가 빵빠레의 위쪽 아이스크림 부분을 다 먹어 치웠다. 이제 콘을 빼내, 그 안에 든 아이스크림과 콘을 맛있게 먹기만 하면 된다.

지형이는 콘 부분을 곽에서 빼내기 위해 뒤집어서 꼭지 부분을 두 번 눌렀다. 그러자 콘이 바닥에 뚝 떨어져 버렸다. 손으로 받치고 있지 않았기 때문이었다.

"이 바보야!"

나도 모르게 지형이에게 꽥 소리를 질렀다.

아, 저 아까운 아이스크림……. 콘에 묻은 흙만 살살 털어내면 먹을 수 있을 것 같은데…….

"릴라, 너 뭐 하는 거야?"

지형이가 내 팔을 잡았다. 내 손이 나의 허락도 받지 않고 땅에 있는 아이스크림을 집어 들고 있었다.

"쓰레기통에 버리려고. 넌 환경 보호도 모르냐?"

빵빠레를 옆에 있는 쓰레기통에 버리며 속으로 외쳤다.

잘 가라, 빵빠레. 나중에 꼭 다시 만나자.

교실로 들어오자마자 책상에 엎드렸다. 수업이 시작될 때까지 이대로 쉴 거다. 움직이면 쓸데없이 에너지만 소비한다.

"릴라, 너 그러다 쓰러지는 거 아니야?"

"괜찮아."

지형이가 자리에 앉아 왼손에는 손거울을, 오른손에는 샤프를 들었다. 오늘도 작업이 시작됐다. 틈만 나면 저 일이다. 눈이 작은 게 콤플렉스인 지형이는 집에서 쌍꺼풀 수술을 시켜주지 않는다며 자가 시술을 택했다. 그 방법은 경제적이긴 했지만 무식하기 짝이 없었다.

샤프 촉으로 쌍꺼풀 선을 그은 후 눈에 힘을 준다. 가끔 손에 힘 조절을 잘못해 너무 세게 그어 피가 나기도 했다. 제정신이냐고 물으면, 지형이는 진짜 칼로 긋는 쌍꺼풀 수술에 비하면 아무것도 아니라며 괜찮다고 했다. 중학교 2학년 때부터 저 짓을 했다는데, 이제 선이 얼추 만들어지긴 했다.

"어때? 쌍꺼풀 있으니까 훨씬 예쁘지?"

지형이가 눈에 힘을 잔뜩 주며 물었다.

"너도 만들어."

지형이가 샤프를 내게 건넸다.

"나 쌍꺼풀 있거든?"

"정말?"

지형이가 가까이 고개를 들이밀었고, 난 눈을 살짝 감았다.

"진짜 있네? 왜 난 몰랐지?"

"옛날부터 있었어."

"그런데 넌 왜 안 예쁘냐?"

당장이라도 지형이의 목을 조르고 싶었지만 그럴 힘조차 없었다.

"그나저나 너 언제까지 소울이랑 그럴 거야?"

"몰라."

"네가 좀 봐줘라. 걔 초딩이란 말 무지 싫어하잖아. 지난번에 중딩 애들한테 당한 이후로 얼마나 민감한데?"

얼마 전에 소울이는 사복 입고 다니다가 모란여중 애들에게 초등학생으로 오해받아 돈을 빼앗기는 수모를 당했다. 그 이후로 초등학생이 아니라는 것을 보여 주기 위해, 학교에 나오지 않는 일요일이나 방학 때도 꼭 교복을 입고 다녔다.

"네가 못 이기는 척하고 사과해."

"내가 왜? 그 계집애가 먼저 시비 걸었잖아. 난 절대 이소울이랑 상대도 안 할 거야."

"모르겠다, 난."

지형이는 정수기에서 물을 받으러 컵을 들고 교실 밖으로 나갔다. 인기 스타 윤지선이 하루 3리터씩 물을 마셔 피부 관리를 한다는 인터뷰를 보고 난 뒤, 지형이는 물 먹는 하마가 되었다.

지난 학기까지만 해도 소울, 지형, 나, 이렇게 셋이 붙어 다녔다. 소울이와 나는 중학교 3년 내내 같은 반이었다. 그리고 지형이는 우리와 다른 중학교를 나왔지만 모란반에서 유일하게 나와 마음이 맞는 친구였다. 모란반은 '모란여고'에서 이름을 딴 심화반이다. 모란반에 뽑힌 성적 우수자들은 입학 이 주 전부터 따로 보충 수업을 받았다. 내가 소울이에게 지형이를 소개해 주었고, 둘은 영화를 좋아하는 공통점 때문에 금방 친해졌다.

때마침 소울이가 백혜지와 낄낄대며 교실로 들어오는 게 보였다. 키 작은 소울이가 모델 같은 혜지 옆에 있으니, 꼭 고목나무에 매미가 붙은 것 같았다. 둘의 키는 한 뼘 이상 차이가 났다.

소울 계집애, 2학기 들어 짝이 된 혜지와 요즘 부쩍 친하게 지내고 있다. 언제부터 친했다고 저러는 건지 정말 얄밉다. 당장이라도 혜지에게 달려가 "사실은 소울이가 너 엄청 씹었어."라고 이야기하고 싶었지만, 점심 먹은 것이 너무 빨리 소화될까 봐 내가 참는다.

처음에 나와 지형, 소울이는 혜지를 별로 좋아하지 않았다. 아니, 우리 셋뿐만 아니라 반 아이들 전체가 그럴 수밖에 없었다. 혜지는 얼굴도 예쁘고, 몸매도 좋고, 게다가 집까지 부자라는 소문이 있었다. 그런데 혜지는 성격이 너무 좋았다. 잘 웃고, 남 욕할 줄도 모르고, 이야기도 잘 들어 주고, 자기 주장을 내세우지도 않았다. 물론 그런 알량한 이유 때문에 아이들이 혜지를 용서한 건 아니었다. 혜지가 용서받을 수 있었던 건, 바로 성적 때문이었다. 혜지는 우리 반 꼴찌로 전교에서도 꼴찌를 다투었다. 혜지를 보면 세상이 참 공평하다는 생각이 든다. 하느님은 모든 것을 다 갖춘 혜지에게 머리만은 주시지 않았다.

소울이가 내 자리가 있는 창가 쪽을 쳐다봐서 난 얼른 고개를 반대쪽으로 돌렸다.

저녁 급식을 먹고 서둘러 교실로 돌아오니 무척 어수선했다. 자리에 앉아 있는 아이들보다 돌아다니거나 모여서 떠드는 아이들이 더 많았다. 개학한 지 얼마 되지 않았고 아직 중간고사가 한참 남아 있어서 그럴 것이다.

"야, 너 모란반 안 가? 저녁 시간 다 끝나 가."

"가야지."

지형이가 얼른 일어나라고 재촉했다. 저녁 급식이 끝나고 다른 아이들은 10시까지 자율 학습을 하지만 모란반은 보충 수업을 두 시간 더 받은 후 자습을 했다.

난 웬만하면 모란반에 미리 가 있지 않는다. 모란반의 경직된 분위기가 싫다. 모란반에서는 쉬는 시간에 떠드는 것도 눈치 보인다. 그나마 지형이와 함께 있을 때는 지금처럼 불편하지는 않았는데 지형이는 지금 모란반이 아니다. 1학기 성적이 나빠, 여름방학이 시작되면서 모란반에서 잘렸다.

"내가 들어가고 싶어서 들어간 건가? 자기들이 뽑아 놓고 성적 나쁘다고 쫓아낼 게 뭐야? 아, 쪽팔려."

지형이는 모란반 이야기만 나오면 흥분했다. 나는 지형이의 심정을 백번 이해할 수 있었다. 모란반이 아닌 것보다 더 창피한 게 모란반에서 잘리는 일이다. 나도 모란반에서 성적이 하위권에 속하기 때문에 늘 걱정이었다.

"기운 없어서 못 일어나겠어."

"어쩌냐? 네가 이소울만큼 작았어도 내가 업어 주는 건데. 넌 좀 힘들 것 같아."

"됐어. 그건 나도 사양이야. 이십 년 후에 네가 찾아와서 나 때문에 허리 디스크 걸렸다고 원망하는 걸 듣고 싶지는 않다고."

"너무 힘들면 그냥 집에 가든지."

더 이상 수업을 받는 게 힘들 것 같아 엄마에게 전화를 걸었다.

"엄마, 나 아파. 보충 빠지고 지금 집에 가면 안 돼?"

"어디가 아픈데? 병원 가야 돼?"

갑작스러운 전화에 엄마는 놀란 듯했다.

"아니, 그게 아니라…… 기운이 없어."

"뭐? 너 괜히 다이어트다 뭐다 해서 그런 거잖아."

엄마가 소리를 지르자, 귀가 쩡쩡 울렸다.

"엄마……."

"보충 끝나고 집에 와. 땡땡이치면 국물도 없는 줄 알아!"

"저기 엄마."

"헛소리 말고 끊어!"

엄마가 일방적으로 전화를 끊어 버렸다. 할 수 없이 가방을 챙겨 모란반 교실이 있는 5층으로 올라갔다.

국어 선생님 대신 이상해 씨가 들어왔다. 이상해 씨는 1학년 학생주임이자 모란반 담당 선생님으로, 「포켓 몬스터」에 나오는 이상해 씨를 닮아 학생들이 붙인 별명이다. 그는 눈이 무척 컸고 얼굴에 큰 갈색 반점이 많았으며, 습관적으로 혀를 날름거렸다.

"오늘 국어 선생님이 사정이 생기셔서 내일 수학 보충이랑 바꾸기로 했다."

이상해 씨가 혀를 날름거리며 말했다.

책상 서랍에 수학 문제집이 없는 것을 확인하고 교실 뒤 사물함으로 갔다. 모란반 사물함은 교실에 있는 사물함과 달리 열쇠가 필요 없었다. 사물함 자체에 번호 키가 달려 있어 번호만 누르면 된다. 얼마 전, 모란반 엄마들이 돈을 걷어 사물함을 바꿔 주었다.

"지난번에 치른 모의고사 성적이 나왔다."

몸이 좋지 않은 내겐 이상해 씨의 말소리가 윙윙거렸지만, '성적'이란 두 글자는 명확하게 들렸다.

"아직 학교별 평균 성적만 나왔고, 개인 성적표는 다음 주에 나올 거다."

다행이다. 일주일의 유예 시간을 얻었다.

이상해 씨는 모의고사 평균 점수가 1학기에 본 것보다 떨어졌다며 잔소리했다. 학교별 평균이 다른 학교에 비해 높긴 했다. 하지만 다른 학교는 전체 학생들이 다 본 것이고 우리 학교는 모란반만 시험을 본 것이다. 학교 전체가 모의고사를 보는 횟수가 일년에 두 번으로 정해져 있었기 때문에 모란반만 자주 따로 신청해서 시험을 보았다.

"너희들이 열심히 하지 않으면 학교도 사회도 미래가 없어. 어차피 사회는 상위 10퍼센트의 사람들이 이끌어 가는 거다. 너희가 잘돼야 사회가 발전할 수 있다. 학교 체면을 세워 줄 수 있는 건 너희들뿐이다. 다른 깃들은 사고나 안 쳐 학교 망신이나 안 시키면 다행이고. 사회의 상위 10퍼센트라는 사실에 항상 자부심을 갖고 열심히 공부해라."

이상해 씨가 가장 즐겨하는 말이다. 이 말을 할 때면 이상해 씨는 안 그래도 큰 눈을 더욱 크게 부릅떴다.

처음 모란반에 들어와 이 말을 들었을 때 기분이 좀 묘했다. 어떻게 사람을 계층으로 나눌 수 있을까 싶으면서도 내가 10퍼센트 안에 들었다는 것 때문에 우쭐했다.

"이제 곧 너희들도 2학년이다. 그때 새롭게 모란반이 재편되는 건 알고들 있겠지? 언제까지 너희가 다 같은 모란반일 것 같으냐?"

그 순간 우쭐함이 움찔함으로 변했다. 꼭 나 들으라고 하는 말 같다. 모란반에서 쫓겨나는 불상사가 생기지 않기 위해서는 열심히 공부해야 할 것이다. 간신히 기운을 차려 문제집을 펼쳤다.

하루가 어떻게 지나갔는지 모르겠다. 수업 일곱 시간에 보충 두 시간, 그리고 모란반 보충 두 시간, 자율 학습 두 시간까지 열세 시간 동안 자리에 앉아 있으면서 단 일 분도 졸지 않았다. 하지만 아무것도 머리에 들어오지 않았다. 배고프다는 생각이 머리를 꽉 채우고 있어서 다른 것들이 들어올 틈이 없었다.

아파트 엘리베이터를 기다리고 있는데 위층에 사는 현석이가 내 옆에 섰다. 매일 이 시간에 현석이와 만난다. 내가 집에 너무 늦게 온다고 투정을 부리면, 엄마는 초등학생인 현석이도 밤 10시까지 학원 수업을 듣는다며 핀잔을 주었다.

현석이는 이제 초등학교 4학년인데, 벌써 중학교 삼 년 과정을 모두 마스터했다. 머리가 좋고, 게다가 성실하기까지 해서 현석이네 엄마의 아들 자랑이 끊이지 않았다. 영재 중학교에 가기 위해 준비 중이라는데, 엄마는 반상회에 갔다 오면 현석이의 이야기를 하며 나를 못살게 굴었다.

"안녕."

기운이 없어 차마 손을 들지 못하고 입으로만 인사를 했다.

"네."

양손 가득 가방을 들고 있는 현석이 역시 입으로만 대답했다.

"후유."

"후유."

엘리베이터에 타자마자, 둘 중 누가 먼저랄 것도 없이 한숨을 내쉬었다. '너도 다이어트 중이니?' 하고 묻고 싶었지만, 현석이는 다이어트와는 상관없어 보였다.

"갈게."

엘리베이터가 10층에 도착하자 역시 난 입으로만 인사했고, 등 뒤로 현석이의 힘없는 대꾸가 들려왔다.

벨을 눌렀지만 아무 대답이 없었다. 열쇠로 문을 열고 들어가 보니, 엄마는 자고 있었고 아빠는 퇴근 전이었다. 곧장 내 방으로 들어와 옷만 갈아입고 침대에 누웠다.

아, 배고파.

속이 텅 비었다. 빨리 자야겠다. 자고 일어나면 바로 아침을 먹을 수 있다.

참는 거라면 누구보다 잘할 수 있다. 예전에 드라마를 촬영할 때, 추운 겨울이든 40도가 넘는 한여름이든 날씨를 가리지 않고 오랜 시간을 기다려야 할 때가 많았다. 촬영 스태프들은 어린 내가 군소리 없이 기다리는 것을 보고 기특해했다. 대여섯 시간을 기다리고 단 한 장면만 촬영해도 좋았다. 감독님의 "액션!" 소리를 듣고 나면, 난 고은비가 아닌 드라마 속 인물이 되어 연기를 했다. 그러면 심장이 뛰고 머리가 맑아졌다. 비록 어렸을 때지만, 촬영할 때면 내가 살아 있는 것을 느꼈다.

지금 난 연기하는 중이다. 전쟁 중이라 음식을 구할 길이 없는 소녀는 배고픔을 참으며 잠이 든다. 참아야 해, 참아야 해…….

밥 먹는 꿈을 꾸었다. 아니, 정확히 말하면 밥 먹을 '뻔' 한 꿈이었다. 식탁 위에 음식이 가득 차려져 있었고, 치킨 한 조각을 베어 먹으려는 순간 턱이 빠져 음식을 씹을 수 없었다. 눈을 뜨고 보니, 내가 입을 크게 벌린 채로 자고 있었다.

입을 살짝 벌렸다면 그 많은 음식들을 조금은 맛볼 수 있지 않았을까? 다시 꿈을 꾸기 위해 깨기 직전의 상황을 떠올렸다.

하지만 잠이 오지 않았다. 꿈에서 나온 음식뿐만 아니라 내가 태어나서 먹어 보았던 음식들, 하물며 내가 싫어하는 나물 무침까지 모조리 떠올려 보았지만 잠이 오기는커녕 오히려 정신이 더 말똥말똥해졌다.

시계를 보니 겨우 새벽 3시다. 아침 식사 시간까지 네 시간 가까이 남았다.

딱 밥 한 숟가락만 먹으면 어떨까? 한 숟가락이라고 해봤자 10칼로리밖에 안 될 텐데. 그래, 딱 한 숟가락만 먹어야겠다. 이따 아침을 먹을 때 한 숟가락 덜 먹으면 된다.

침대에서 일어나 부엌으로 갔다. 밥솥 뚜껑을 열어 보니 어제저녁 밥이 남아 있었다. 밥이 지어진 지 한참 지났지만, 윤기가 자르르 흐르는 새하얀 쌀밥이 김이 모락모락 나는 것이 아주 맛있어 보였다.

밥 한 숟가락을 펐다. 아껴 먹기 위해 우선 밥알 열 톨 정도만 베어 먹었다. 입안에서 으깨지면서 하나로 뭉쳐졌다. 달다. 니무나 달고 맛있다. 씹으면 씹을수록 단맛이 더했다.

한 숟가락은 금방이었다. 딱 한 숟가락만 더 먹어야겠다. 다시 밥솥을 열어 밥을 한 숟가락 더 펐다. 여기에 맛있게 익은 김치를 얹어 먹으면 어떨까? 냉장고에서 김치 통을 꺼냈다. 김치를 손으로 집어 밥숟가락 위에 얹은 후 입에 넣었다. 아삭거리는 김치와 달콤한 밥은 환상의 콤비였다.

엄마가 저녁 반찬으로 무얼 했을까? 가스레인지 쪽으로 갔다. 그냥 뭔지 확인만 할 거다. 절대 먹으려는 게 아니다.

냄비 뚜껑을 열어 보니, 내가 좋아하는 갈비찜이 들어 있었다.

내가 지금 뭘 한 거지?

손에는 김치 국물과 갈비 양념이 잔뜩 묻어 있고, 밥솥과 냄비는 깨끗하게 비어 있었다. 그뿐만이 아니었다. 엄마가 며칠 전에 간식으로 사다 놓았지만 내가 먹지 않았던 치즈 케이크 한 판과 콜라 두 캔, 그리고 냉장고에 있던 호두맛 아이스크림 한 통도 모조리 사라졌다.

이게 모두 몇 칼로리일까? 도합 5,160칼로리다. 한꺼번에 닷새치 음식을 다 먹어 치웠다. 이번에는 다이어트에 절대 실패하지 않겠다고 다짐, 또 다짐을 했는데…….

일주일간의 다이어트가 모두 물거품이 되었다. 그동안 얼마나 참았는데. 학교에서 지형이가 과자를 줘도 받지 않았고, 엄마가 간식으로 준 빵과 아이스크림도 안 먹겠다고 했다. 하지만 모두 다 틀려 버렸다. 오늘 폭식으로 인해 빠진 몸무게가 다시 제자리로 돌아왔을 거다.

아니다, 방금 먹은 음식들은 아직 소화되지 않아 살로 가지 않았을 거다. 먹은 걸 모두 토해 내면 실수를 만회할 수도 있다.

화장실로 가려는데 갑자기 배가 몹시 당겼다. 배 속에서 누가 빨래라도 짜는지, 배가 조여 오면서 너무 답답했다. 체한 걸까? 하지만 그것과는 느낌이 달랐다.

"아악!"

결국 한 발짝도 움직이지 못하고 바닥에 쓰러졌다.

어떻게든 일어나야 할 것 같아 식탁을 집었는데, 식탁보가 미끄러지면서 식탁 위에 있던 냄비와 그릇이 요란한 소리를 내며 우르르 바닥으로 떨어졌다.

"무슨 일이야?"

엄마가 깜짝 놀라 부엌으로 뛰어나왔다. 엄마는 부엌을 한번 쓱 둘러보더니 내게 다가왔다.

"너, 왜 그래?"

"숨을…… 숨을 못 쉬겠어……."

움직일 수 없을 정도로 배가 심하게 아팠다.

"설마 이걸 다 먹어 치운 거야? 내가 정말 못살아."

"어, 어, 엄마…… 나…… 죽을 거…… 같아."

병원에 도착하자마자 응급실 침대에 누웠다. 다행히 아까보다는 배가 조금 덜 아팠다. 간호사들은 아빠도 응급 환자로 착각하여 침대로 안내했다. 나를 업고 온 아빠의 얼굴이 새하얗게 변해 있었기 때문이다.

응급실이라고 해서 분위기가 무척 긴박할 줄 알았는데 별로 그렇지도 않았다. 환자들은 조용히 침대에 누워 있었다. 몇 명 끙끙대는 환자도 있었지만, 아프다고 난리를 피우는 사람은 없었다. 병원이라 안심이 돼서 그런 것 같았다. 나도 병원에 오기 전에는 아파 죽는다고 소리쳤지만, 도착하니 겁이 덜 났다.

잠시 후, 젊은 남자 의사가 다가와 내 배를 꾹꾹 눌렀다. 다시 배가 아프기 시작했다. 누를 때마다 심하게 얻어맞는 것처럼 아팠다.

"언제부터 그랬어?"

"한 삼십 분 전부터요."

"저녁으로 뭘 먹었는데?"

난 아파 죽겠는데, 젊은 의사는 슈퍼마켓 손님 대하듯 태평하게 질문을 하며 배를 계속 눌렀다.

"저기……."

내가 머뭇거리자, 엄마가 대신 대답했다.

"애가 요 며칠 다이어트한다고 평소보다 덜 먹었거든요. 그러다가 새벽에 너무 배가 고팠는지 음식을 좀 과하게 먹었어요. 고기랑, 밥이랑, 케이크랑, 또……."

“아이스크림이랑 콜라도요.”

내가 덧붙여 말했다.

“얘가 원래 잘 먹거든요. 이런 적은 처음이에요.”

의사는 뭔가 알았다는 듯 고개를 끄덕였고, 아빠는 “그러면 그렇지.” 하면서 한숨을 내쉬었다.

“장이 꼬인 것 같습니다. 음식물이 갑자기 한꺼번에 들어와 위장이 놀란 것 같군요. 주사 한 대 맞고 약 먹으면 사나흘 뒤에는 깨끗이 나을 거예요.”

다행이다. 혹시 죽을병에 걸렸을까 봐 내내 초조했다.

“다이어트는 그렇게 무리해서 하면 안 됩니다. 운동이랑 병행하면서 해야죠. 다이어트하는 도중에 폭식하면 얼마나 위험한지 모르세요? 그러다가 거식증에 걸릴 수도 있어요.”

의사가 잔뜩 겁을 줬다. 인터넷에서 거식증에 걸려 뼈밖에 안 남은 모델 사진을 본 적이 있다. 혹시 나도 그렇게 될 수 있을까 상상하고 있는데, 의사가 덧붙여 말했다.

“대부분의 거식증은 폭식증을 동반합니다. 뚱뚱한 사람도 거식증에 걸린 경우가 많아요.”

의사가 돌아간 후, 간호사가 팔에 영양제 주사를 놔 주었다. 한 방울씩 떨어지는 링거 주사액을 보고 있으니 걱정이 되었다. 저 영양제에도 칼로리가 있을까? 지나가는 간호사에게 물어보려다가 그만두었다. 사람들은 이상하다. 날씬한 사람이 다이어트하는 건 당연하다고 생각하면서, 나 같은 사람이 다이어트 콜라라도 마실라치면 우습다고 난리다.

아빠는 출근해야 하기 때문에 집에 가서 자겠다고 했다. 아빠를 배웅하고 돌아온 엄마가 내 옆에 앉아 손으로 배 마사지를 해 주었다.

"으이구, 이 꼴통아. 그러게 다이어트는 무슨 다이어트? 그런 쓰잘데기 없는 것에 신경 쓸 시간 있으면 공부나 똑바로 해."

엄마의 모든 말은 항상 공부로 끝난다. 난 졸리지 않았지만 그냥 눈을 감아 버렸다.

03
수상한 과외단

"어젯밤에 또 폭식한 거야?"

지형이가 통통 부은 내 눈을 보고 금세 상황을 알아차렸다.

"응급실 다녀온 지 얼마나 됐다고 또 그래? 그럴 바에는 차라리 다이어트 때려치워. 사흘 굶고 하루 폭식하고, 사흘 굶고 또 폭식하고. 그러면 쌤쌤이야. 굶는 의미가 없다고. 아니, 오히려 살이 더 찔지도 몰라. 요요 현상이 왜 일어나는 거데? 안 먹다가 먹으면 다 살이 된다잖아."

"후유, 그러게."

탤런트의 꿈이 점점 더 멀어지고 있었다. 이런 식으로 하다가는 오디션에 가서 또 연기 테스트도 못하고 쫓겨날 것이다.

"릴라야, 그런데 말이야. 어떻게 한꺼번에 음식을 그렇게 많이 먹어 치울 수가 있는 거냐?"

"내 위가 보통 사람보다 큰가 봐. 옛날부터 그랬는데 괜찮았어."

"그럼 병원에 가서 위 사진 한번 찍어 봐. 네 위가 우리나라에서 제일 클지 또 누가 알아? 그걸 기회로 방송에 출연하게 될지도 몰라. 우리, 방송국에 신청해 볼까?"

"너는 어디서 그런 말도 안 되는 생각들이 나오는 거냐?"

난 지형이의 머리를 손으로 이리저리 만져 보았다.

"참, 너 어제 새로 시작한 수목 드라마 봤어?"

"아니. 엄마 때문에 못 봤어. 넌 봤어?"

"당연하지. 난 엄마한테 인터넷 강의 본다고 거짓말하고 다운 받아 봤어. 너도 꼭 봐. 극본이 이희경이란 말야."

드라마 작가가 꿈인 지형이는 공중파에서 하는 드라마뿐만 아니라, 일본, 미국 드라마까지 인기 있는 것은 모조리 인터넷으로 다운 받아 보았다.

"남자 주인공이 유인철이야. 그리고 박성진도 나와. 완전 꽃미남 대잔치야. 난 나중에 꼭 유인철을 주인공으로 캐스팅할 거야."

지형이가 드라마 작가를 꿈꾸는 이유 중 하나가 바로 잘생긴 남자 배우들 때문이다. 꽃미남 밝힘증이 있는 지형이에게 드라마 작가는 자아실현뿐 아니라, 욕망을 해결해 줄 수 있는 직업이다. 지형이는 꽃미남에 대한 애정이 병이라고 해도 좋을 만큼 심각했다. 연예인뿐만 아니라 인터넷 얼짱들의 신상 명세까지 줄줄 외웠다. 얼마 전에는 동성고 백영민에게 반해 팬 까페에서 열심히 활동 중이다.

"근데 이번에도 주인공 아역 오유리가 맡은 거 있지?"

"정말?"

주먹으로 책상을 내리쳤다. 오유리, 오유리, 오유리! 어딜 가나 온통 오유리다. 오유리가 아역으로 출연하지 않는 드라마가 없었고, 얼마 전에는 음반을 낼 거라는 신문 기사까지 났다.

초등학교 때 오유리와 같은 연기 학원에 다녔다. 그때는 오유리가 내 뒤를 졸졸 쫓아다니며 어떻게 하면 연기를 잘할 수 있냐고 물어봤었는데…….

"걔 진짜 예쁘더라. 난 웬 바비 인형이 텔레비전에 나오나 했어. 날씬한 게 가슴은 또 왜 그렇게 크냐? 걔 원래 그렇게 예뻤어? 너랑 좀 친했다며?"

"친하긴 뭘 친해? 그냥 좀 알았던 것뿐이야!"

"왜 나한테 성질이야?"

"그래, 차라리 잘됐어. 오유리 그 계집애는 평생 아역 역할만

맡다가 끝날 거야. 아역 배우 이미지 벗기가 얼마나 어려운데?
김강석 봐봐. 걔 이십 대 중반인데 아직도 아역 같잖아. 난 아예
성인 연기자로 시작할 거라고. 그게 더 좋지 않아? 안 그래?”

“응? 뭐 그렇다면 그렇지.”

“그래. 난 이미지 변신을 할 필요도 없고 얼마나 좋아. 살만
빼 봐라. 캐스팅이 막 밀려올 거야. 암, 그렇고말고.”

의자에 앉아 있는 오유리를 밀쳐 낸 후, 내가 그 자리에 앉는
상상을 했다. 저리가, 이 계집애야!

“릴라, 미쳤냐? 왜 혼자 실실대?”

“아냐, 아무것도.”

“쯧쯧, 드디어 네가 미쳤구나.”

내 어깨를 두드리는 지형이의 손을 걷어 냈다.

“걱정하지 마, 릴라야. 내가 드라마 작가가 되면 꼭 너를 캐
스팅해 줄게.”

또 저 소리다. 날 걱정해 주는 것 같긴 한데 난 왜 지형이가
하나도 고맙지가 않을까.

“왜? 싫어?”

“네 드라마에서 무슨 역할 줄 건데? 넌 무조건 꽃미남이 주
인공인 거 쓸 거 아냐? 나 여주인공으로 쓰게? 꽃미남들이 서
로 차지하려고 다투는?”

"설마!"

지형이가 정색을 했다. 내가 노려보자 지형이가 미소를 지으며 말했다.

"넌 연기파 배우잖아. 그런 건 얼굴만 예쁜 애들이 하는 거야. 릴라, 넌 주인공의 재수 없는 누나 역할이야. 못생기고 성격만 더러워서 꽃미남 남동생을 마구 괴롭히는 아주 맛깔 나는 조연이지."

"죽을래?"

"히히, 농담이야."

지형이가 강하게 손을 내저으며 말했지만, 하얗게 질린 얼굴을 보니 꼭 농담은 아니었던 것 같다. 그런데 혹시 또 누가 알겠는가? 나지형이 진짜 유명한 드라마 작가가 될지. 미래를 위해 이번 한 번만 참는다.

'놀토'라서 천천히 일어나 침대에서 비비적대고 있었다. 다시 막 잠이 들려던 찰나 문자가 왔다. 휴대전화 액정에 '나불이'라고 떴다.

—뭐하삼?

—집이야왜?

―점심에나와라

―귀찮아월욜에봐

―너어쩌면영화캐스팅될지도몰라ㅋ

―뭐?어떻게?

―우선나와 1시까지학교앞맥도날드로고고씽

궁금한 걸 못 참고 전화를 걸었지만, 지형이는 만나서 이야기하겠다며 끊어 버렸다.

제발 지형이가 자신이 쓴 시나리오 때문에 부른 게 아니길 바랄 뿐이다. 지난번에도 지형이는 시나리오 공모전에서 당선되면 반드시 나를 캐스팅해 주겠다며, 자기가 쓸 시나리오 내용을 들어 보라고 불러냈다.

"야, 릴라, 여기!"

나를 향해 출싹거리며 손 흔드는 지형이가 보였다. 그런데 옆자리에 앉아 있는 게 누구지? 땅꼬마 이소울이다! 뭐야? 지금 나와 소울이를 화해시켜 주려고 부른 거야?

두 번 생각하지 않고 몸을 돌렸다.

"야, 고뚱땡, 어디 가?"

소울이가 날 불렀다. 저 계집애는 내가 오는 줄 알고 있었던 건가?

"릴라야, 이리 와 봐."

지형이가 어느새 조르르 달려와 내 팔을 잡아끌었다.

"나 이소울이랑 안 논다고 했지?"

"지금 그게 문제야? 네가 영화에 출연할지도 모르는데?"

"네 시나리오로 만든 영화?"

"아니, 그거 말고 연말에 제작될 영화."

"뭐?"

난 못 이기는 척하고 자리에 앉았다.

"오랜만이다, 고뚱땡."

"어제도 교실에서 마주쳐 놓고 무슨 헛소리야?"

"이렇게 따로 만난 건 오랜만이잖아."

하여튼 말로는 절대 이소울을 이길 수 없다.

"초딩, 용건이 뭐야?"

소울이의 약을 올리려고 했지만, 아무 반응이 없다.

"너 요즘 다이어트한다며?"

"누가 그래?"

지형이를 째려보았다. 눈치를 보던 지형이는 햄버거를 사 오
겠다며 자리에서 일어섰다.

"근데 계속 실패한다며?"

"네가 무슨 상관이야?"

"고뚱땡, 넌 다이어트에 절대 성공할 수 없어."

"지금 너, 나 염장 지르려고 불렀냐? 그런데 어쩌냐? 이제 네가 뭐라고 해도 하나도 열 안 받거든?"

거짓말이다. 속이 부글거리는 게 곧 폭발할 것 같았다.

"살 뺀다고 탤런트가 될 수 있을 거 같아? 네 얼굴은 어떻게 할 건데? 그거 견적 꽤 나올 거야. 천만 원은 족히 들걸? 아니, 삼천?"

"이게 진짜?"

난 벌떡 일어났다. 이 주 만에 만나서 한다는 소리가 뭐 어쩌고 저째? 저 쥐방울만 한 걸 당장이라도 한 대 콱 쥐어박고 싶다.

"흥분하지 말고 들어. 다 너를 위해서 하는 말이야."

순간 소울이가 엄마로 보였다. 엄마도 내가 듣기 싫어하는 소리를 해 대면서, 꼭 나를 위해서라고 했다.

"현실적으로 생각해 봐. 네가 다이어트에 성공할 수 있을 것 같아? 넌 글렀어."

"야, 땅꼬마!"

너무 크게 소리를 질렀는지 주변에 있던 사람들이 모두 우리 쪽을 쳐다보았다.

"흥분하지 말고 앉으라니까?"

"어디서 명령이야?"

"내 얘기 좀 들어 보라고. 탤런트가 되기 위해서 예쁜 얼굴보다 더 중요한 게 뭔 줄 알아?"

"그게 뭔데?"

"인맥이야. 한마디로 말해 '빽'이라고."

"참 나, 그래서?"

"내가 너 영화에 출연하게 해 줄게."

"웃기시네."

어이없어 웃음도 나오지 않았다. 하지만 소울이는 아랑곳하지 않고 빙긋 웃었다.

"야, 우선 먹으면서 이야기하자."

지형이가 햄버거를 사 가지고 돌아오는 바람에 대화가 중단되었다.

"나불이, 너 다이어트에 패스트푸드가 천적인 거 몰라?"

난 지형이에게 눈을 흘겼다.

"릴라야, 네 건 특별히 치즈버거와 제로 칼로리 콜라로 준비했어. 치즈버거 칼로리는 300칼로리고, 콜라는 0칼로리야. 이 정도는 괜찮지 않아?"

쟁반 위에는 빅맥 두 개와 그 사이즈의 반도 안 되는 치즈버거가 놓여 있었고, 감자튀김도 두 봉지뿐이었다. 난 치즈버거를 들어 포장지를 벗겨 냈다.

"고뚱땡, 그냥 네가 빅맥 먹어."

소울이가 내 앞으로 빅맥을 밀었다.

"어차피 너 집에 가면 더 살찌는 거 먹어 댈 거 아니야?"

뭐라고 딱히 할 말이 없었다. 사실 요즘 다이어트는 하는 둥 마는 둥 거의 포기 상태다. 적게 먹고 나면 폭식을 하는 횟수가 더 늘어나기만 했다.

"그런데 도대체 무슨 소리야? 영화에 출연 시켜 주겠다니?"

"오호호호! 릴라야, 하늘이 널 버리지는 않았나 봐. 너에게 이런 기회가 오다니!"

흥분한 지형이가 손바닥으로 탁자 위를 계속 쳐 대며 말했다.

"무슨 소리야? 나불이, 오바하지 말고 뭔지 빨랑 말해!"

내가 꽥 소리를 지르자, 지형이가 얌전해졌다.

"백혜지네 외삼촌이 영화감독이래. 「런런런」 만든 이수창 감독 알지? 흥행은 별로였어도 상은 많이 탔잖아. 걔네 삼촌이 연말쯤에 또 영화 찍을 건데, 이번에는 주인공이 십 대래."

"그런데?"

"백혜지가 걔네 외삼촌이랑 같이 산대. 이제 곧 시나리오 탈고하고 캐스팅 들어갈 거래."

"그래서, 그게 뭐 어쨌다고?"

지형이가 무슨 소리를 하는 건지 도저히 이해할 수 없었다.

"고뚱땡, 너는 이해력이 그렇게 딸려서 어떻게 배우가 되겠다는 거냐? 한마디로 네가 백혜지랑 친해지면 되는 거잖아. 혜지네 집에 자주 드나들다 보면 자연스레 개네 외삼촌이랑 마주칠 수 있을 거고, 그렇게 하다가 네가 연기자가 꿈인 걸 알게 되면 널 단역에라도 캐스팅해 주지 않겠어?"

소울이가 차근차근 설명했고, 옆에서 감자튀김을 집어먹던 지형이가 바로 그 말이라고 대꾸했다.

"내가 혜지랑 어떻게 친해질 수 있는데? 그리고 친하다고 개네 집에 마구 드나들 수 있나?"

소울이의 훈계에 잔뜩 부어올라 쏘아붙였다.

"방법이 있지."

"그게 뭔데?"

소울이는 바로 대답해 주지 않고 뜸을 들였다. 하여튼 이 계집애는 날 쥐었다 폈다 잘도 했다.

"혜지가 이번 학기까지 반에서 30등 인에 못 들면 미국으로 쫓겨나게 생겼어. 지금 성적으로는 4년제 대학 가는 게 힘들긴 하잖아."

"30등? 그게 가당키나 해? 개 우리 반, 아니 전교 꼴찌잖아. 그리고 혜지가 30등 안에 드는 게 나랑 친해지는 것과 무슨 상관이 있는데?"

소울이가 나를 보고 씩 웃었다.

"고뚱땡, 네가 혜지 공부 좀 가르쳐 줘."

"왜? 걔네 집 돈 많잖아. 유명 과외 선생한테 배울 수 있지 않아?"

이번에는 소울 대신 지형이가 대답했다.

"야, 백혜지가 그걸 왜 안 해 봤겠니? 유명하다는 선생한테 다 배웠대. 그런데 도저히 더 이상 과외 못 받겠대."

"왜?"

"남자 선생들은 자꾸 혜지한테 껄떡대고, 여자 선생들은 혜지를 아예 개무시한대."

지형이가 혜지네 여자 선생이 짓는다는 표정을 흉내 냈다. 팔짱 낀 상태로 고개를 살짝 들고, 눈은 반쯤 뜨고 입꼬리는 한쪽만 올린 채 "얼굴만 반반하게 생겨 가지고는……." 하며 말했다. 이럴 때 보면 지형이도 나름 연기에 소질이 있는 것 같다.

"네가 혜지 수학 공부 좀 도와줘. 일주일에 두 번씩만. 우리 반에서 수학은 너 따라올 사람 없잖아. 혜지가 자기 외삼촌한테 잘 말해 두겠대. 걔, 외삼촌이랑 엄청 친하거든."

"수학은 내가 맡는다 쳐. 그럼 다른 과목은 어쩌고?"

"영어는 소울이가 봐주기로 했고, 국어랑 사회는 내가 봐주기로 했어."

지형이가 손가락으로 'V'자를 해 보이며 말했다. 지형이는 책을 많이 읽어 국어를 잘했고, 소울이는 미국에서 오 년 넘게 살다 와 영어를 잘했다.

"그런데 니들은 왜? 니들 설마, 나 몰래 배우의 꿈을 키우고 있었던 거냐?"

소울이와 지형이가 나를 쳐다보며 헛소리하지 말라고 소리쳤다.

"야, 세상이 참 좁지. 혜지 쌍둥이 남동생이 동성고 백영민이래."

"정말?"

지형이가 흐뭇한 얼굴로 고개를 끄덕였다. 백영민은 유명한 인터넷 얼짱이다. 조각 같은 외모에 모델 뺨치는 몸매로 팬클럽 회원수만 천 명에 달했고, 지형이도 그중 한 명이었다.

"혜지 공부 도와주러 다니면서 백영민이랑 친해질 거야. 앞으로는 나의 '떡' 백영민에게만 올인해야지."

지형이의 짝사랑 상대는 신흥고의 김태엽, 청운고의 윤지석, 북산고의 박철형, 동성고의 백영민, 이렇게 네 명인데, 지형이는 스스로 그들에게 '그림의 떡'이라는 이름을 붙였다. '그'는 김태엽, '림'은 윤지석, '의'는 박철형, 그리고 가장 멋진 백영민이 '떡'이었다. 당장은 그림의 떡이지만, 언젠가는 제 떡으로 만들 계획에서였다.

"나불이는 그렇다 치고, 소울이 넌?"

"혜지네 집에 스티븐 스필버그 감독 DVD가 전부 다 있어. 개네 삼촌 건데 혜지가 자기 성적만 오르면 삼촌한테 말 잘해서 나한테 넘기겠대."

소울이는 스티븐 스필버그 감독의 초기 작품 DVD를 구하려고 안달이 나 있는 상태였다.

"릴라, 할 거지?"

"물론. 그런데 나 빅맥 하나만 더 먹어도 될까?"

"그래그래. 내가 쏠게."

소울이가 신나서 지갑을 들고 계산대로 갔고, 그사이 난 소울이의 감자튀김을 먹어 치웠다.

문 앞에서 초인종을 누르고 기다렸다.

"뭐야? 왜 네가 있어?"

문을 열고 나온 건 혜지가 아니라 지형이다. 지형이는 인사도 하지 않고 안으로 쏙 들어가 버렸다.

소울이가 거실 소파에 앉아 영화를 보고 있었다. 지형이와 소울이는 마치 제 집에 있는 것처럼 자연스레 행동했다.

잠시 후, 진짜 주인 혜지가 나왔다.

"은비야, 들어와. 생과일 주스 만드느라고 문 못 열어 줬어. 잠깐만 소파에 앉아 있어."

소울 옆에 가서 앉았다. 애들은 날 본 척 만 척했다. 소울이는 영화에 정신이 팔려 있고, 지형이는 계속해서 시계만 쳐다봤다.

혜지네 집은 생각했던 것보다 훨씬 더 컸다. 부자라는 소문이 사실인 것 같았다. 날 붙들고 어느 집 방문하냐고 꼬치꼬치 묻던 아파트 경비 아저씨부터 심상치 않더니, 거실 하나가 우리 집 전체보다 더 컸다. 집 안 곳곳에 있는 소품들도 다 고급스러웠다. 대리석으로 된 현관 바닥과 부들부들한 가죽 소파, 그리고 프랑스 궁전에나 있을 법한 테이블까지. 소파와 텔레비전 사이가 꽤 멀지만 화면이 아주 커서 영화가 멀리서도 잘 보였다.

"야, 애네 집 장난 아니다. 거실에서 축구해도 되겠어."

"그러게."

지형이가 신드렁하게 대답했다. 주눅이 들어서가 아니라, 그런 것에는 아예 관심조차 없는 것 같았다.

"이거 마셔. 딸기랑 키위를 섞어서 갈았어."

혜지가 부엌에서 주스를 가져왔다. 쟁반과 주스 컵마저 화려한 것이 바로 말로만 듣던 크리스털인 것 같았다.

"다른 식구들은?"

"엄마 아빠는 여행 가셨고, 영민이는 곧 올 거야."

난 조심스럽게 컵을 들어 주스를 마셨다.

"우아, 맛있다."

"어제 엄마가 홈쇼핑에서 주문했는데 오늘 도착했어."

"홈쇼핑에서 과일도 팔아?"

"응. 홈쇼핑에 없는 게 없어. 저 수족관도 거기서 샀고, 텔레비전, 소파도 다 거기서 샀어. 우리는 김치랑 반찬도 다 홈쇼핑 것만 먹어."

"왜?"

"우리 엄마가 홈쇼핑 중독이거든. 우리 집에 있는 물건은 거의 다 홈쇼핑에서 산 거야."

"그럼 이 컵도?"

"당연하지. 그거 열 개에 39,900원 주고 샀어. 우리 엄마가 잘 샀다고 얼마나 좋아했는데."

"그, 그래?"

다시 보니 혜지네 집 거실이 운동장만큼 큰 것 같지는 않았다. 텔레비전도 우리 집에 있는 것보다 조금 더 컸고, 테이블도 홈쇼핑 책자에서 봤던 것 같았다.

혜지가 소울이를 툭툭 치니, 그제야 소울이가 리모컨으로 잠시 영화를 멈추고 주스를 마셨다.

"어, 고뚱땡. 언제 왔냐?"

"아까 아까 왔어. 넌 참 빨리도 알은척한다."

"혜지야, 영민이 언제 와? 올 시간 지나지 않았어? 전화 좀 해 봐."

지형이가 혜지를 붙들고 칭얼거리고 있는데 초인종이 울렸다.

"내가 나갈게."

지형이의 몸에 스프링이 달린 줄 알았다. 지형이는 소파에서 튀어 올라 순식간에 현관으로 뛰어나갔다.

"영민아, 안녕! 잘 지냈어?"

"어? 어."

드디어 지형이의 목표물이 도착했다. 얼마나 잘생겼기에 지형이가 저리 목을 매는지 궁금해 현관 쪽으로 고개를 돌렸다.

순간 나도 모르게 눈이 찌푸려졌다. 영민이의 주위로 황금빛이 맴돌아 눈이 부셨다. 180센티미터가 훌쩍 넘는 키에 단단한 근육실 몸매, 갸름한 턱 선과 오똑한 콧날, 그리고 쌍꺼풀이 없지만 큰 눈까지. 영민이의 미모에 취해 정신을 놓을 뻔했지만, 그 뒤에 신 지형이가 주먹을 들어 협박하는 바람에 정신을 차렸다.

"영민아, 이리 와. 누나 친구 소개해 줄게."

꽃미남이 소파 쪽으로 걸어왔고, 지형이가 그 뒤를 강아지마
냥 쫄랑쫄랑 따라왔다.

"얘는 고은비라고 해. 우리 반에서 수학을 제일 잘해. 엄청
똑똑하다."

혜지가 부끄러울 정도로 내 칭찬을 했다. 하지만 난 혜지를
제지하지 않았다. 꽃미남 앞에서 우쭐할 일이 또 언제 있겠는가.

"누나 친구니까 깍듯이 대해. 알았지?"

"알았어. 그럼 난 방에 들어갈게."

영민이가 몸을 돌리는데, 지형이가 영민이의 팔을 잡았다.

"잠깐만. 주스 한 잔 마시고 들어가. 백 퍼센트 생과일 주스
야."

지형이가 부엌으로 달려가 주스를 가지고 나왔다.

"저기, 난 괜찮은데."

"이거 한 잔 마셔. 운동하고 왔다며?"

영민이가 난처한 표정을 지으며 혜지를 쳐다보더니 결국 지
형이가 건네는 주스 컵을 받아 들었다.

주스를 다 마신 영민이가 컵을 갖다 놓으려고 부엌으로 가
자, 지형이가 또 영민이를 따라갔다.

"저기, 나 샤워할 건데……."

"그래? 알았어, 알았어. 그럼 얼른 씻고 나와."

지형이는 목욕탕으로 들어간 영민이를 확인하고는 소파로 돌아와 앉았다.

혜지가 없는 틈을 타 난 지형이에게 한마디 했다.

"야, 너 너무하는 거 아니야? 적당히 해야지. 오늘은 네 과외 날도 아니잖아? 그리고 혜지한테 미안하지도 않아? 넌 혜지를 돕겠다는 거야, 아니면 네 욕심을 채우겠다는 거야? 우선 혜지 성적 올리도록 돕는 게 먼저 아냐?"

"자주 봐야 정이 들지."

지형이가 반쯤 넋이 나간 얼굴로 목욕탕 쪽을 계속 쳐다봤다.

"혜지야, 너네 외삼촌은 언제 오시니? 오늘 안 오시니?"

난 혜지가 들어간 부엌에 대고 소리쳤다.

혜지를 따라 방으로 들어왔다. 혜지의 책상 위에는 책보다 화장품이 더 많았다. 책장에 책은 듬성듬성 꽂혀 있었지만, 화장품과 향수병은 책상의 반 이상을 차지하고 있었다. 책상 위에는 책을 펼칠 공간이 없었다. 어떻게 해야 좋을지 몰라 가만히 서 있었더니, 혜지가 바닥에 앉으라고 손짓했다. 그러고 보니 바닥에 좌식 테이블이 있었다.

"이번 중간고사 범위는 유리식에서 이차 방정식까지일 거야. 중간고사를 10월 초에 보니까 그렇게 범위가 많지 않아. 그런데 시험까지 삼 주밖에 남지 않아서 성적을 올리는 게 쉽지만은 않을 거야."

"그렇겠지?"

혜지의 표정이 금방 어두워졌다. 괜한 말을 한 것 같았다.

"하지만 기말고사까지는 여유가 있잖아. 그러니까 한번 해 보자."

"응, 나 정말 열심히 할 거야!"

혜지는 언제 그랬느냐는 듯, 환한 얼굴로 대답했다.

"근데 너, 토요일이랑 일요일에 나 공부 도와주는 거 괜찮아? 시간 뺏기는 거 아냐?"

소울이와 지형이는 평일에 혜지의 공부를 도와주기로 했다. 소울이는 월요일과 수요일 저녁에, 지형이는 화요일과 목요일 저녁에. 과외 때문이라고 하니 자율 학습을 빠지는 게 쉬웠다. 하지만 나는 모란반 때문에 평일에는 시간이 되지 않았다. 모란반 보충은 절대 빠질 수가 없다. 대신 난 주말 이틀 연속으로 날을 잡았다. 엄마한테는 독서실에서 공부한다고 말해 두었다.

"괜찮아. 그런데 너 외삼촌이랑 친하니?"

"응. 내가 외삼촌은 꽉 잡고 있어. 외삼촌 어려울 때 많이 도와줬거든."

"어려울 때?"

혜지는 이런 말 해도 될지 모르겠다면서 결국 다 했다.

"우리 삼촌 작년에 첫 영화 만들었고 그 전에는 거의 백수나 다름없었어. 아니지, 준비생. 백수라고 하면 삼촌이 싫어해. 어쨌든 삼촌이 돈을 못 벌어서 내가 용돈도 나눠 주고 그랬어."

열 살 어린 조카에게 용돈을 받아 쓰는 삼촌이라. 텔레비전이나 신문에서 본 이수창 감독은 정말 멋있었는데…….

"외할머니랑 외할아버지가 삼촌이 영화감독 되는 거 무지무지 싫어했거든. 그런데 막무가내로 영화과에 간 거야. 외할아버지가 대학 다닐 때 등록금 대 주지도 않아서 우리 엄마가 대 준 적도 많아."

"너희 삼촌 정말 힘들었겠다."

"근데 영화 하는 사람들은 다 그렇대. 뜨기 전까지는 엄청 힘들고, 뜬다는 보장도 없고, 뜨고 나서도 또 어떻게 될지 모른대. 배우들도 마찬가지라던데? 우리 삼촌 친구 중에 탤런트도 꽤 있는데 유명한 사람은 거의 없어."

기운이 쭉 빠졌다. 텔레비전에서 볼 수 있는 배우보다 보이지 않는 배우가 너 많기는 할 것이다.

"혜지야, 그런데 진짜 너네 외삼촌한테 내 얘기 해 놨어?"

"걱정 마. 외삼촌 친구 중에 영화감독이랑 드라마 피디들 많아. 내가 삼촌한테 말했더니, 너한테 맞는 역할 있으면 언제든 추천해 주겠대."

"정말이지?"

"그럼."

"좋아, 좋아. 우리 열심히 해 보자."

가방에서 교과서와 연습장, 필통을 꺼냈다. 혜지의 수학 실력이 바닥이라서 다른 문제집보다 교과서만 착실히 풀기로 했다.

"자, 그럼 여기 나오는 유리식 먼저 풀어 보자."

"유리……식?"

혜지는 낯선 외국어를 들은 표정이었다.

"유리수로 되어 있는 식을 말하는 거야. 유리수 배웠잖아. 1학기 때."

난 연습장에 실수 체계를 벤다이어그램으로 그렸다.

"본 것 같기도 하네……."

뚫어지게 연습장을 쳐다보던 혜지가 한 마디 했다.

"아니야. 처음 본 건가? 하여튼 수학은 너무 복잡해. 그나마 집합은 조금 재미있었는데 말이야. 명제부턴가? 하여튼 그건 너무 어렵더라. 뭘 자꾸 증명하라는 건지, 참이면 어떻고 거짓이면 어떻다고 말이야. 좋은 게 좋은 거지. 수학은 너무 까탈스럽다니까. 그렇지 않아?"

난 아무 말도 하지 않고, 혜지에게 살짝 미소를 지어 주었다.

혜지와 세 시간도 넘게 수학 공부를 했다. 내가 문제를 풀 때마다 혜지는 "우아, 고은비. 너 정말 수학 잘한다!"라며 연신 박수를 쳐 댔다. 그럴 때마다 마치 수학 서커스를 하러 혜지네 집에 온 기분이었다.

"은비야, 저녁 먹고 갈래?"

"아냐, 집에 가서 먹지 뭐."

오늘 저녁에 엄마가 깐풍기를 만들어 준다고 했다. 모의고사 성적이 예상보다 잘 나와 요즘 엄마는 싱글벙글이다.

"먹고 가. 엄마가 너희들이랑 먹으라고 뷔페 예약해 줬거든."

"뷔페?"

"응."

"어딘데?"

"그랑제리."

그랑제리? 거긴 H호텔 뷔페인데? 그랑제리 > 엄마표 깐풍기.

"예약했다니까 가야지 뭐."

엄마에게 독서실에서 저녁을 먹고 간다는 문자를 보냈다.

그랑제리에 온 건 두 번째다. 재작년 할머니 칠순 때, 아빠가 큰맘 먹고 이곳을 예약했다. 또 오고 싶었지만 아빠가 큰맘을 두 번 먹지는 않았다.

"고뚱땡, 왜 그렇게 많이 가져와? 이제 다이어트 안 해?"

소울이가 음식이 가득 쌓인 내 접시를 보고 타박했다.

"다이어트는 무슨……. 배우가 연기만 잘하면 되지."

아랑곳하지 않고 음식을 먹었다. 어쩜 이렇게 맛있을까? 모든 음식이 입에서 살살 녹았다.

"근데 은비는 정말 수학을 잘하는 것 같아. 최고야, 최고!"

날 향한 혜지의 세레나데가 또 시작되었다.

"그래서 애네 엄마가 의대 보내려는 거잖아. 은비가 워낙 수학의 귀재라서."

지형이가 킥킥대며 말했다. 엄마가 나를 의대에 보내려는 결심을 한 건 순전히 오빠보다 높은 수학 점수 때문이다. 오빠는 다른 과목 성적은 우수했지만 수학 점수가 좋지 않아 고생했다. 그에 비해 나는 다른 과목보다 수학을 잘했다.

"우아, 그럼 은비는 의대 가는 거야?"

"아니야. 난 가고 싶은 마음도 없고, 성적이 안돼서 못 갈 거야."

난 말하며 고개를 저었다. 그런데 갑자기 지형이가 포크를 내려놓더니 내 머리를 쓰다듬기 시작했다.

"릴라야, 우리 이종사촌 언니가 올해 다섯 번째 수능을 본단다. 이모부네 집이 의사 집안인데, 어떻게든 자식을 의사 시키겠다면서 계속 수능 보라고 시킨대. 근데 그 언니 나이가 벌써 스물세 살이라고. 친구들은 대학을 졸업할 준비하는데 언니는 여전히 수능 준비 중이야. 너 의대나 한의대 준비하는 수능 장수생들 얘기 못 들어 봤어?"

만약 엄마가 의대에 미련을 계속 버리지 못하면 어쩌지? 스무 살이 넘어서도 수능 공부를 할 생각을 하니 눈앞이 캄캄했다. 친구들이 미팅 나간다고 멋 부릴 때에도 언어 영역을, 엠티 간다고 옷 사러 다닐 때에도 수리 영역을, 취업한다고 정신없을 때에도 외국어 영역을 공부해야만 한다면?

내가 지형이를 잡아먹을 것처럼 노려보니, 지형이는 농담이라고 하면서 내 입에 연어 초밥을 넣어 주었다.

"참, 이번 프로젝트를 의미하는 기념으로 우리 와인 한잔, 어때?"

"나지형, 여기서 우리한테 와인을 줄 것 같냐? 교복 입은 학생들이 둘이나 있는데?"

"그런가?"

"야, 근데 왜 너도 일요일인데 교복 입었어?"

소울뿐 아니라 지형까지 교복을 입고 있다.

"너도 초딩한테 삥 뜯겼냐?"

아차차, 말실수를 했다. 소울이가 나를 째려보았다.

"내가 바보냐? 그런 일을 당하게?"

소울이의 시선은 곧 지형이에게 옮겨 갔다. 내가 지형이의 팔을 툭 쳤고, 지형이는 얼른 농담이라고 고쳐 말했다.

"우리 엄마가 옷을 안 사 주잖아. 엄마 보라고 일부러 교복 입고 나왔어."

"그럼 좀 빨아 입어. 앞에 묻은 양념은 엊그저께 점심때 묻은 거 아니야?"

"일부러 안 빤 거야. 어때? 더 없어 보이지 않냐? 이래야 엄마가 옷을 사 주지."

어이가 없어 말도 안 나왔다.

"우아, 지형이 너 되게 똑똑하다."

그런데 뜬금없이 혜지가 박수까지 치며 지형이를 칭찬했다. 처음엔 비꼬는가 싶었지만 소울이의 말투나 표정과는 확실히 달랐다. 혜지는 진심인 것 같았다.

우리는 와인 대용으로 콜라를 주문했다.

"야, 이렇게 모이니까 우리 정말 완벽한 것 같지 않아? 은비의 머리와 혜지의 외모, 소울이의 당당함, 그리고 나의 재치를 합치면 정말 완벽한 사람이 될 텐데 말이야."

지형이가 어깨를 으쓱하며 말했다.

"그 반대라면?"

소울이가 지형이에게 되물었다. 나의 뚱뚱함과 소울이의 까칠한 성격, 혜지의 머리, 지형이의 푼수 끼가 합쳐진 인간이라…….

"얘는 꼭 분위기를 깬다니까."

잠시 후, 종업원이 콜라를 가져다주었다.

"자, 우리 건배하자. 우리 과외단의 성공을 위해!"

지형이를 따라 우리는 콜라 잔을 높이 들었다. 소울이는 별로 하고 싶지 않은 눈치였고, 혜지는 마냥 좋아했고, 난 이도저도 아니었다.

"짠!"

그래도 콜라 잔이 부딪치는 소리를 들으니 나의 밝은 미래가 그려졌다. 스크린 속의 고은비는 얼마나 멋질까?

"으히히히."

나도 모르게 웃음이 새어 나왔다. 나뿐만이 아니라 모두들 몇 달 뒤에 얻을 것을 생각하는지 흐뭇한 표정을 짓고 있었다.

04
일등석과 이코노미 석

백설공주는 독이 든 사과를 삼킨 채 유리관에 누워 왕자를 기다렸다. 잠자는 숲 속의 공주는 바늘에 찔려 잠든 채 백 년 동안 왕자를 기다렸다. 그런데 만약 왕자가 다른 여자와 눈이 맞아 공주를 구하러 오지 않았다면?

며칠 전 국어 선생님이 동화 다시 쓰기 과제를 내주었다. 난 공주 시리즈에서 왕자가 오지 않는 것으로 고쳐 썼다.

"왕자들이 안 오면 공주들 완전 바보 되는 거 아니야? 너무 불쌍하다."

"릴라, 니가 왜 공주한테 감정이입을 해? 넌 공주가 아니잖아."

지형이가 고개를 설레설레 저으며 말했다. 만약 내일 지형이
가 학교에 와서, "어젯밤에 집에 가는데 누가 내 뒤통수를 세게
치고 가는 거 있지."라고 말한다면, 범인은 분명 나다.

물론 지형이가 틀린 말을 한 건 아니다. 동화 속에 나오는 여
자들은 딱 두 종류다. 예쁜 공주 아니면 못된 마녀. 난 어디에
도 속할 수 없다.

"은비가 어떻다고 그렇게 말해? 은비가 수학을 얼마나 잘한
다고! 은비는 못 푸는 문제가 없어. 난 은비가 진정한 공주님이
라고 생각해."

혜지의 말에 소울이와 지형이가 배를 잡고 웃었다. 난 아무
말도 하지 않고 묵묵히 밥만 먹었다. 왜 때리는 시어머니보다
말리는 시누이가 더 미운지 그 이유를 알 것도 같았다.

"그래, 릴라도 공주지. 릴라, 너는 개구리 공주 해라. 딱이다,
개구리 공주."

점심을 먹고 급식소에서 나오는데 지형이가 옆에서 계속 종
알거렸다.

"내가 고쳐 쓴 얘기 들어 볼래?"

못 들은 척했지만 지형이는 굴하지 않았다.

"옛날, 옛날 개구리 공주가 살았습니다. 개구리 공주는 원래
공주였지만, 저주를 받아 '개구리'가 된 거예요."

말리지는 않았다. 저 계집애는 때려도 울면서 이야기할 것이다.

"어느 날, 게임을 좋아하는 막내 왕자가 실수로 연못 속에 게임 CD를 빠뜨립니다. 그런데 갑자기 연못에서 개구리가 나타나죠. 왕자는 연못 속 개구리에게 친구가 될 것을 약속하고 게임 CD를 찾게 됩니다.

그날 이후로 개구리는 궁에 와서 왕자와 함께 식사도 하고 잠도 같이 자게 됩니다. 왕자는 개구리가 징그러웠지만 약속 때문에 어쩔 수 없었습니다. 하지만 왕자는 더 이상 못생긴 개구리를 참을 수 없었죠. 결국 왕자는 개구리를 힘껏 벽에 던져 버립니다. 개구리 공주는 이때다 싶어 활짝 웃습니다.

'이제 난 다시 공주가 될 수 있어!'

하지만 벽에 부딪힌 개구리는 여전히 개구리였습니다. 개구리는 다시 왕자에게 부탁합니다.

'왕자님, 왕자님, 제발 한 번만 더 저를 힘껏 던져 주세요!'

왕자는 인상을 쓰면서 개구리를 다시 벽에 집어던졌습니다. 그러나 개구리는 멍만 들 뿐 공주로 변하지 않았습니다. 결국 왕자는 개구리를 궁 밖으로 쫓아냅니다. 개구리는 수십 번 자신의 몸을 왕궁 벽에 박았지만 저주는 풀리지 않았습니다. 개구리는 그냥 개구리였습니다."

"그게 끝이야? 끝이 이상하잖아."

혜지가 고개를 갸우뚱하며 물었다.

"당연하지. 이건 개구리 왕자가 아니라 개구리 공주거든. 동화 속에서 추남은 미남이 될 수 있어도 추녀는 미녀가 절대 될 수 없어. 이건 동화의 법칙이야."

나는 아무 말도 하지 않고 교실 쪽을 향해 재빨리 걸었다.

"야, 릴라, 삐쳤냐? 삐쳤어? 왜 그래? 요즘엔 개성으로 승부하는 시대야. 똑같이 생긴 바비 인형보다 피오나 공주가 더 인기 있을걸?"

지형이가 종종거리며 나를 쫓아왔지만 한 번도 뒤돌아보지 않았다. 쳇, 바비 인형은 어디서건 주인공을 맡을 수 있지만, 피오나 공주는 오로지 「슈렉」에서만 주인공을 할 수 있다.

「인어공주」의 메두사 여사를 만난다면, 그녀에게 내 수명을 나눠 줄 테니 제발 미모를 달라고 부탁할 거다. 예뻐질 수만 있다면 수명이 십 년쯤 줄어도 상관 없다.

담임 선생님은 컴퓨터로 문서를 작성하고 있었다. 점심시간에 잠깐 교무실에 들르라고 했다. 선생님은 우리 또래의 아들을 둔 사십 대지만, 잘 꾸미고 다녀서 그런지 삼십 대 중반으로 보였다.

“저기, 선생님.”

“아, 은비 왔니?”

“바쁘신가 봐요?”

“아니야.”

선생님은 옆에 있는 의자를 가져와 내게 앉으라고 했다.

“점심은 먹었어?”

“네. 선생님은요?”

“난 아직.”

“바쁘셨어요?”

“아니야.”

“제가 시간 뺏는 거 아니에요?”

“바빠서 못 먹었다기보다, 사실 오늘 그날이거든. 그래서 밥
맛이 없어.”

선생님은 주변의 눈치를 살피더니 내 귀에 대고 속삭였다.
이럴 때면 선생님이 아니라 꼭 옆집 푼수 아줌마 같다.

“요즘 네가 공부를 소홀히 한다고 엄마가 걱정이 많으시더
라.”

“네?”

엄마가 또 전화를 했나 보다. 난 정말 우리 엄마 같은 학부모
만날까 봐 선생님은 절대 되지 않을 거다. 엄마는 지나칠 정도로

담임들과 친했다. 덕분에 날 예뻐했던 담임들이 많았지만, 그런 엄마의 행동을 못마땅하게 여겨 날 미워했던 담임도 있었다.

"은비가 아직 1학년이니까 걱정 말라고 말씀드렸어."

"네."

"그런데 은비야, 엄마는 네가 오디션 보러 다니는 거 모르시더라? 엄마가 너 요즘 보충 수업 빠지지 않느냐고 물으셨어. 혹시 오디션 보러 다니지 않느냐고 말이야."

2학기에 들어 오디션 때문에 세 번이나 보충 수업을 빠졌다. 엄마에게 그 사실을 들키면 난 끝장이다.

"걱정하지 마. 보충 잘 받고 있다고 했어. 그런데 어머니는 은비가 열심히 공부하기만을 바라시는 것 같더라."

"선생님도 제가 뚱뚱해서 배우가 되기 힘들다고 생각하세요?"

선생님도 날 비웃고 있는 게 아닌지 걱정되었다.

"아니야. 넌 표정이 아주 풍부해. 목소리도 매력 있고. 넌 분명 좋은 배우가 될 거야. 하지만 언제까지나 엄마를 속일 수는 없잖아."

"죄송해요."

"죄송하긴. 어머니 걱정하지 않게 이번 중간고사 잘 봐. 알았지?"

“네.”

교실로 돌아와 책상 위에 몸을 엎드렸다. 뒤에서 놀고 있던 소울이와 지형, 혜지가 나를 보고 달려왔다.

“릴라야, 아까 내가 했던 말 때문에 그래? 미안해. 장난이었어.”

지형이가 내가 좋아하는 초코 다이제스티브를 내밀었다.

“너 때문에 그런 거 아니야.”

“그럼?”

“우리 엄마 때문에.”

“너희 엄마? 왜 또?”

아이들이 나를 둘러싸고 앉았다.

“요즘도 담임 선생님한테 전화해서 나 오디션 보러 다니지 않느냐고 묻는대.”

“너희 엄마, 네가 탤런트 되는 거 반대하셔?”

혜지가 이해가 가지 않는다며 물었고, 난 고개를 끄덕였다.

“왜? 너 초등학생 때 아역 배우도 했다면서? 그건 엄마가 시킬 마음 있어야 가능한 거 아니야?”

“그건 다 옛날 이야기야. 내가 살찌고 난 다음부터는 탤런트의 ‘탤’ 자만 나와도 벌벌 떨어. 나 오디션 보러 다니는 거 들키면 엄마한테 죽어. 만날 나보고 의대 가라는 소리만 해.”

"사실 우리 엄마도 그래."

지형이가 한숨을 내쉬었다.

"내가 문예창작과 간다고 하니까 어림도 없는 소리 하지 말래. 무조건 교대 가서 선생님 하래. 내가 모란반 들어갔을 때 엄청 잘해 줬어. 사실 자격 시험을 잘 찍는 바람에 들어간 거잖아. 모란반에서 잘리고 나니까 매일 들들 볶아. 거기 들어가야 교대 갈 수 있는 거 아니냐면서 말이지."

"성적이 좋아도 문제구나."

혜지가 고개를 설레설레 저으며 말했다.

"난 너희는 성적 때문에 스트레스 안 받을 줄 알았어."

그건 나도 마찬가지였다. 꼴찌인 혜지는 성적 때문에 스트레스 받는 일이 없을 거라고 생각했다. 하지만 혜지는 매일 밤 텅 빈 미국에서 혼자 울고 있는 꿈을 꾼다고 했다.

"소울이 너네 엄마는 성적 가지고 뭐라고 안 하셔?"

"별로."

"좋겠다."

"좋긴. 난 우리 엄마가 너무 아기 취급해서 짜증 나."

"그게 무슨 고민이냐?"

"하여튼 너네는 몰라."

소울이가 생각도 하기 싫다는 듯 몸서리를 쳤다. 소울이네 부모님은 결혼 십 년 만에 간신히 소울이를 낳았다. 그래서 소울이를 애지중지 여겼다. 내가 보기에 소울만큼 건강한 애가 없는데, 소울이네 엄마는 소울이가 건강 해치면 안 된다고 보충이랑 자율 학습도 받지 못하게 한다. 심지어 소울이는 중학교 때 수학여행도 못 갔다.

"도대체 엄마들은 왜 그렇게 자식한테 이래라저래라 하는 걸까?

"자식이 하고 싶은 대로 놔두면 안 되나?"

"인생을 우리보다 더 많이 살아 봤기 때문에 그러는 거라잖아. 우리 마음대로 하면 분명 후회할 거래."

"인생은 살아 본 후에야 알 수 있는 거잖아."

"그러게."

언제쯤 부모와의 전쟁을 끝낼 수 있을까. 어른이 된다고 끝날 것 같지는 않다. 할머니는 아직까지도 엄마 아빠에게 이래라저래라 했다.

지형이가 수업 시작 전에 물을 떠오겠다며 복도로 나갔고, 혜지와 소울이는 화장실에 갔다. 난 지형이가 준 과자를 먹었다. 달콤한 걸 먹으니 스트레스가 해소되는 것 같았다.

잠시 후, 소울이와 혜지가 돌아왔고 그 뒤로 지형이가 들어왔다. 그런데 손에 든 물통은 비어 있었다.

"야, 우리 매점 좀 갔다 오자."

지형이가 물통을 책상 서랍에 넣으며 말했다. 하지만 5교시 시작 전까지 오 분도 채 남지 않았다. 매점에 다녀오면 점심시간이 다 지나 버릴 것이다.

"릴라야, 같이 가자. 음료수 사 줄게."

아무도 반응을 보이지 않자, 지형이가 나를 콕 집었다.

조금 고민이 되었다. 과자를 먹어 입안이 텁텁했다. 귀찮지만 다녀올까?

"매점은 왜?"

"복도 정수기 고장 났거든. 물 사 오려고."

"고장 났어? 네가 물 얘기 하니까 나도 물 마시고 싶어. 나랑 같이 갔다 오자."

혜지가 지형이를 따라 일어섰다.

"물을 뭘 사 먹냐? 모란반 자습실에 가서 떠 와. 자습실 안에 정수기 있다며? 거긴 고장 안 났을 거 아냐?"

소울이의 말에 지형이가 시큰둥한 반응을 보였다. 지형이는 가방에서 지갑을 꺼내 챙겨 들었다.

"그냥 사 올래."

"왜?"

"내가 모란반도 아닌데 거기 물을 왜 먹어?"

"뭐 어때? 복도 정수기가 고장 났으면 거기 정수기 써도 되는 거 아냐? 그것도 어차피 학교에서 사 준 거잖아."

소울이가 나를 쳐다보며 물었고, 난 고개를 끄덕였다.

"됐어. 나 거기 들어가기 싫어. 모란반 애들 기분 나빠. 지난번에 거기로 물 뜨러 갔는데 걔네 표정이 장난 아니었어. 되게 어이없다는 듯이 쳐다보더라. 쫓겨난 주제에 왜 왔냐고 그러는 것 같았어."

지형이가 내 눈치를 살피며 말했다. 난 아무 말도 하지 못했다. 모란반 아이들은 모란반에 다른 아이들이 들어오는 것을 좋아하지 않았다.

"야, 그게 말이 되냐? 괜히 네가 그렇게 느끼는 거야. 내가 대신 떠다 줄게."

소울이가 지형이의 물통을 빼앗아 들고는 성큼성큼 교실을 나갔다.

"은비야, 그런데 모란반 정수기는 물맛이 달라? 에어컨 바람은 청정 바람이고?"

"뭐?"

혜지는 정말 궁금하다는 눈빛으로 나를 쳐다보며 물었다.

"애들이 그렇게 말하잖아."

혜지는 아이들이 모란반에 대해 비꼬는 것을 진짜라고 생각했나 보다. 옆에 있던 지형이가 쿡쿡거리더니 결국엔 웃음을 참지 못하고 푸하하 하고 터트렸다.

"아니야, 그건 애들이……."

그때 교실 문이 세게 열렸다. 문 앞에는 소울이가 서 있었다.

"아, 짜증 나. 뭐 그런 것들이 다 있냐?"

소울이가 씩씩대며 걸어왔다.

"왜 그래?"

"고뚱땡, 모란반 뭐 그러냐?"

"뭘?"

"내가 모란반 자습실에 들어갔더니 공부하던 애들 몇 명이 날 쳐다보더라. 신경 쓰지 않고 정수기에서 물을 뜨는데, 어떤 애가 다가오더니 여긴 모란반이 아니면 들어올 수가 없다고 하는 거야. 기가 막혀서 물도 반밖에 못 담고 나왔다니까?"

"그 말 한 계집애가 누구야?"

지형이는 마치 자기가 당한 일처럼 화를 냈다.

"몰라. 왜 유채린이랑 잘 붙어 다니는 애 있잖아. 안경 쓰고, 머리띠로 올백 하고 다니는 애."

박은지를 말하나 보다. 유채린과 어울려 다니는 모란반 애들은 모란반에 대한 사랑이 유독 별나다. 그 애들은 자습 시간뿐만 아니라 점심시간에도 원래 교실이 아닌 모란반에서 지내고,

자기네들이 알아서 모란반 청소표를 짜서 청소까지 했다.

"딩동댕동."

소울이의 화가 다 풀리지 않았지만, 5교시 수업을 알리는 종이 울려 모두들 자리로 돌아갔다.

"그러기에 왜 내 말 안 듣고 거길 간 거야. 하여튼 모란반 애들 왕재수라니까!"

뒤늦게 지형이가 나를 보며 "너는 빼고."라고 덧붙였지만 기분이 좋지 않았다.

5교시는 사회 시간이다. 사회 담당인 이선정 선생님은 올해 발령받은 신입 선생님으로 나이 차이가 많이 나지 않아 그런지 학생들과 잘 통하는 편이다.

이선정 선생님은 교실에 들어오자마자 창문을 모두 열라고 했다.

"추워요, 선생님."

차가운 공기가 들어왔다. 창가 쪽에 앉은 나는 더 추웠다.

"왜 3반은 사회 시간이 주로 5교시니? 점심 먹고 나서 가장 졸린 시간인데. 제발 오늘은 조는 사람 없이 수업 좀 해 보자."

수업을 시작한 지 십 분 정도가 지나자 점차 조는 아이들이 생기기 시작했다. 나도 조금 졸렸지만 그때마다 차가운 바람이 잠을 깨워 주었다.

“선생님, 인종차별이 왜 문제가 되는 거예요?”

갑자기 소울이가 손을 번쩍 들며 물었다. 그 목소리가 너무 컸던지 샤프를 들고 졸던 지형이가 깨면서 공책에 선을 죽 그었다.

“똑같은 사람을 피부색이 다르다는 이유만으로 평등하지 않게 대하는 건 옳지 않아. 한때는 단지 흑인이라는 이유만으로 투표권을 갖지도 못했어. 그게 불과 오십 년도 안 된 일이야. 미국처럼 다양한 인종들이 살고 있는 나라는 인종차별의 문제가 심각해. 우리나라도 외국인들의 이주가 늘고 있어서 그 문제가 더 심각해질 거야.”

“선생님, 그런데 차별이 뭐예요?”

“차별?”

“네. 차별의 정의가 뭐예요?”

소울이의 눈이 반짝반짝 빛났다. 저 계집애가 공부해 보려는 마음으로 수업 시간에 질문할 리는 없다.

“차별은 기본적으로 평등한 지위의 집단을 자의적인 기준에 의해 불평등하게 대우하는 것을 의미해.”

“만약 차별하는 쪽에서 그것을 구별이라고 우기면 어떻게 해요? 백인들이 흑인들을 차별하면서 ‘우리는 구별할 뿐이야.’라고 이야기하면요?”

소울이는 선생님의 답변이 끝나자마자, 기다렸다는 듯 질문을 줄줄이 사탕으로 해 댔다. 선생님은 학생의 질문으로 수업 분위기가 살아났다고 생각했는지 신나서 대답했다.

"소울이가 아주 좋은 질문을 했어. 구별이 차별이 되는 것은 한 사회 안에서 구성원들이 계층으로 나뉘느냐에 달려 있어. 소울아, 아까 흑인은 투표권을 갖지 못했다고 했지? 그건 구별을 넘어서서 확실히 계층을 구분해 차별했다고 이야기할 수 있어."

"선생님, 그러면 학교에서 운영하는 심화반은요? 우리 학교 모란반도 그렇고요. 그건 구별이에요, 차별이에요?"

"응?"

"왜 학교마다 공부 잘하는 애들만 모아서 따로 보충 수업하고, 자습실도 따로 쓰게 하잖아요. 그건 구별이에요? 아니면 차별이에요?"

"글쎄, 선생님도 아직 생각해 본 적 없는 문젠데……."

선생님은 당황하여 교과서 책장을 급히 넘겼다.

"음, 누구나 열심히 공부하면 심화반에 들어갈 수 있잖아. 심화반에 들어갈 수 있는 기회는 누구에게나 주어져 있으니까 차별은 아니지 않을까?"

선생님은 그만 이야기를 끝맺자는 식으로 소울이를 쳐다보았다. 하지만 소울이는 아랑곳하지 않고 질문을 계속 던졌다.

아이들은 또 시작되었다며 자기들끼리 잡담을 했다.

지난 학기에 소울이는 두발 자유 문제를 가지고 이 주일 가까이 사회 시간마다 자유, 인권과 관련하여 질문을 하여 선생님을 곤란하게 만들었다. 그 소문은 학교에 쫙 퍼졌고, 소울이는 그 일로 이상해 씨에게 단단히 미움을 받았다.

"왜 성적이 좋다는 이유만으로 특별 대우를 받아야 해요? '억울하면 너희도 공부 잘하면 되잖아.'라고 하겠지만 그게 말이 돼요? 그러면 투표권이 없는 흑인들한테도 '억울하면 너희도 백인이 되면 되잖아.'라고 말하면 되는 거잖아요."

"아니지, 소울아. 백인이냐, 흑인이냐는 노력으로 바뀔 수 있는 게 아니잖아. 그건 태어날 때부터 정해져 있는 거라 바꿀 수 없어."

"그러면 돈 많은 사람들 우선으로 시설 좋은 학교에 다니는 거는요? 그것도 '억울하면 너희도 돈 많이 벌면 되잖아.'라고 말할 수 있는 거예요?"

"그건 아니지. 똑같은 기회를 주지 않고, 딘지 돈이 많디는 이유로 먼저 좋은 시설을 누릴 수 있게 하는 건 차별이야."

"선생님, 저는 심화반도 다를 게 없다고 생각해요. 돈이 많아 좋은 시설을 먼저 누릴 수 있는 게 차별이라면, 성적이 좋다는 이유로 좋은 시설을 이용하게 하는 것도 차별이죠."

"저기……."

"왜 아이들을 뽑아 놓고, 단지 성적을 이유로 다르게 대우하죠? 그렇게 할 거면 아예 따로 받았어야죠. 같은 학교에 다니고 같은 교복을 입고 있지만 같은 시설은 이용할 수 없어요. 성적에 따라 다른 학생이 되어 버려요."

"소울아, 그건 말이지."

소울이는 이선정 선생님이 말할 틈도 주지 않고 다다다 쏘아붙였다.

"똑같은 돈을 내고 비행기를 타는데, 누구는 공부를 잘하기 때문에 일등석을 타고, 누구는 공부를 못하기 때문에 이코노미석을 타는 것 같아요. 돈을 똑같이 내면서 말이죠."

이선정 선생님은 아무 말도 하지 않았고, 아이들은 웅성거리기 시작했다. 소울이가 더 질문하려고 하는 순간, 수업 끝을 알리는 종이 울렸다.

"그건 다음 시간에 다시 이야기해 보기로 하자. 소울이가 아주 좋은 지적을 했어."

선생님은 말과는 다르게 좋지 않은 표정으로 서둘러 교실을 나갔다.

"야, 이소울, 이번엔 모란반 문제냐? 선생님 당황해서 어쩔 줄 모르더라. 똑같은 돈을 내고 일등석을 타냐, 이코노미 석을 타냐. 큭큭."

지형이가 소울이의 어깨를 툭 치며 재미있어했다.

"모란반, 그거 확실히 차별이야. 어떻게 학교에서 차별을 하며 학생들을 교육한다고 할 수 있어?"

"야, 그건 그렇지만."

"솔직히 너네 기분 안 나빠? 똑같은 학생인데 왜 모란반 애들만 따로 보충 수업을 받고 따로 자습실을 써야 해? 공부를 더 시켜야 하는 건 잘하는 애들이 아니라 못하는 애들이라고. 공교육의 목적이 뭔데? 모란반 같은 건 싹 없애야 해. 왜 그런 걸 만들어서 위화감 조성하고 괜히 공부 잘하는 애들 특권 의식을 갖게 하는 거야? 정말 이상하다니깐."

"맞아. 사실 모란반 애들 잘난 척하는 거 완전 재수야. 지네가 잘났으면 얼마나 잘났다고. 가장 기분 나쁜 건, 걔네가 날 불쌍하다는 듯 쳐다보는 거야. 꼭 내가 일등석 훔쳐 타고 가다가 걸려서 쫓겨난 것처럼 대한다니까?"

지형이와 소울이는 주거니 받거니 하며 모란반 욕을 했다.

"지난번에 학교 감사 나온다고 대청소 했을 때, 모란반은 모의고사 봐야 한다며 청소도 안 시켰잖아."

"야, 그래도 우리 학교는 아무것도 아니야. 우리 사촌 오빠네 학교는 기숙사도 따로 운영하고, 아예 외부에서 강사를 초청해서 보충도 한대. 그리고 어떤 학교는 심화반 애들은 일반미로 밥해 주고, 아닌 아이들은 정부미 밥 준다던데?"

나도 텔레비전 뉴스에서 보았다. 그때 엄마랑 같이 봤는데 엄마는 아무 말도 하지 않았다. 만약 내가 심화반이 아니었어도 가만히 있었을까?

"고뚱땡, 넌 어떻게 생각해?"

"뭘?"

"모란반 말이야. 모란반인 넌 어떻게 생각하느냐고?"

난 모란반에 대해 생각해 본 적이 없다. 나한테 문제는 모란반이 차별이냐 아니냐가 아니라, '어떻게 하면 모란반에서 잘리지 않을까?' 하는 것이다.

"글쎄, 모란반은 차별이 아니라 대우가 아닐까? 공부 잘하는 애들한테 특권을 주는 것 말이야. 누구나 성적이 좋으면 모란반에 들어갈 수 있잖아. 모란반은 장학금 같은 거라고."

내 말을 들은 소울이가 흥분하며 길길이 날뛰었다.

"장학금? 말이 좋아 장학금이지, 그건 눈에 보이지 않게 계급을 나누는 일이야. 너 심화반 제도가 말이 된다고 생각해? 너무 불공평하잖아."

"원래 세상이 그런 걸 어떻게 해?"

"치사해, 고뚱땡! 너 지금도 그렇게 치사한데 나중에는 얼마나 더 치사해지려고 그러냐?"

소울이가 빽 하고 소리를 질렀다.

"몰라."

화장실에 가겠다는 핑계를 대고 교실 밖으로 나왔다. 소울이와 그런 문제로 다투고 싶지 않았다.

"우아, 저거 좀 봐. 완전 신기해."

한 아저씨가 호치키스처럼 생긴 것으로 헝겊을 박고 있었다.

"이 미니 재봉틀이면 못 박는 게 없습니다. 힘들게 바느질할 필요 전혀 없어요. 원래 가격은 오천 원이지만, 오늘은 단돈 이천 원에 모시겠습니다."

혜지가 또다시 가방에서 지갑을 꺼냈다.

"아저씨, 저 하나 주세요."

혜지 손에는 이미 오이 채칼과 스타킹이 들려 있었다. 겨우 지하철 열 정거장을 가면서 물건을 세 개나 샀다. 우리가 그만 사라고 말렸지만 소용없었다.

"넌 쇼핑하려고 지하철 탔냐?"

소울이가 면박을 줘도 혜지는 끄덕하지 않았다.

"다 필요한 거야. 원래 사려고 했던 거라고."

거짓말이다. 혜지는 스타킹을 제외하고 나머지는 처음 본 거라며 신기해했다.

"다 왔어. 그만 내리자."

우리는 우산 파는 아줌마에게 정신이 나가 있는 혜지를 잡아 끌다시피 해서 지하철에서 내렸다.

토요일 오후라서 그런지 지하철에 사람이 많았다.

"야, 저것 봐. 뭘 촬영하나 봐."

지하철 역 안에 사람들이 모여 있었고, 그 사이로 카메라와 촬영 도구들이 보였다. 지나가던 사람이 "김지성 정말 멋있다." 라고 하는 말을 듣고 우리는 누가 먼저랄 것도 없이 촬영 장소 로 달려갔다.

연인이 싸우는 장면을 찍는 중인 것 같았다. 촬영 현장을 보 니 내 가슴이 뛰기 시작했다. 배우들이 서 있는 곳은 분명 지하 철 안이지만, 결코 우리가 사는 곳과 동일한 현실 공간이 아니었 다. 저곳은 오로지 드라마 속에만 존재하는 새로운 공간이었다.

"야, 주혜리 봐봐. 얼굴 진짜 주먹만 해. 그런데 김지성은 얼 굴 진짜 크다. 둘이 엄청 차이 나."

지형이가 쉬지 않고 배우들의 외모에 대해 속삭이자 주위에 있던 사람들이 우리 쪽을 힐끔거렸다. 정말이지 이럴 때는 지 형이와 모르는 사이가 되고 싶다.

촬영 스태프 쪽을 둘러보는데 아는 얼굴이 보였다. 예전에

단막극에서 주인공 아역을 한 적이 있는데, 그때 연출을 했던 감독님이었다.

잠시 후, 오케이 사인이 떨어지고 촬영이 끝났다. 지하철에서 필요한 장면을 다 찍었는지 스태프들이 움직이기 시작했다. 내가 감독님을 안다고 하자, 아이들이 가서 인사하라고 성화였다. 하지만 변한 내 모습을 보고 감독님이 어떻게 생각할지 걱정이 앞섰다.

"야, 혹시 또 알아? 널 기억해서 캐스팅해 줄지?"

난 용기를 내어 감독님이 있는 쪽으로 다가갔다.

"안녕하세요."

"어, 누구?"

감독님이 위아래로 나를 훑어보았다.

"칠 년 전에 「하늘 끝까지 걷기」에 손수연 아역을 맡았던 고은비예요."

"아아."

감독님이 더 이상 말을 잇지 못했다. 아무래도 괜히 인사한 것 같았다.

"정말 많이 컸네. 이거 말 안 했으면 전혀 못 알아볼 뻔했어. 공부 열심히 하고 있지?"

"네."

"뒤에는 친구들인가 보네?"

아이들이 감독님에게 인사를 했다. 나와 달리 아이들은 신이 났고 심지어 지형이는 감독님에게 드라마 너무 잘 보고 있다며 호들갑스럽게 말했다. 그사이, 스태프 중 하나가 다가와 빨리 장소를 이동해야 한다고 전했다.

"그래. 나중에 또 보자고."

"안녕히 가세요."

나를 뒤로하고 감독님과 촬영 팀이 떠났다.

"어어, 고뚱땡. 대단한데?"

"그러게. 릴라 정말 아역 탤런트를 했나 봐."

"은비야, 너 정말 멋있다."

나는 아무 대꾸도 없이 지하철 입구 쪽을 향해 걸었다. 바보같이 "네."라는 대답밖에 못했다. 요즘도 연기 연습 중이며, 좋은 배역 있으면 연락 달라는 말이 목구멍까지 올라왔지만 차마 그 말을 할 수 없었다.

저녁 급식을 먹은 후 매점에 들렀다. 소울이는 식사 후에 꼭 우유를 마신다.

냉장고에서 우유를 꺼내려는 소울 앞에 지형이가 끼어들어 딸기 우유를 꺼냈다.

"너도 키 크려고 그러냐?"

"무슨 소리. 난 클 만큼 컸어."

소울이가 지형이를 매섭게 째려보았지만, 지형이는 조금도 신경 쓰지 않았다.

"그런데 넌 왜 우유 먹어?"

"딸기 우유를 먹으면 가슴이 커진대."

지형이가 비밀 이야기라도 하듯 목소리를 낮추어 말했다. 나도 그 이야기를 들어 본 적이 있다. 하지만 과학적으로 근거 없다고 신문에 나왔다. 내가 그 말을 하자 지형이가 코웃음을 쳤다.

"얘가 정말 순진하네. 과학적으로 증명되어야만 믿을 수 있는 거냐? 이건 다 선배들이 경험한 진짜 알짜배기 정보라고. 너 왜 딸기 우유가 초코 우유보다 많이 팔리는지 알아?"

"그야 딸기 우유가 더 맛있으니까."

"이 바보야, 초코 우유가 더 맛있다고."

"그건 내 생각이고."

"아니야. 우리 언니랑 내 동생도 초코 우유가 더 맛있다고 했어. 이쨌든 딸기 우유가 더 많이 팔리는 건 다 효과가 있기 때문이야."

지형이는 말도 안 되는 논리를 펼치며 당당하게 매점 계산대

위에 딸기 우유를 내려놓았다. 그런데 옆으로 딸기 우유를 내미는 혜지의 손이 보였다.

"나도 가슴이 좀 빈약하잖니."

혜지가 민망한 듯 웃었다.

계산을 마치고 매점에서 나오는데 소울이가 다시 매점으로 들어갔다. 소울이는 흰 우유를 딸기 우유로 바꿨다.

"이왕 먹는 거 키도 크고 가슴도 커지면 좋잖아."

내가 어이없다는 표정을 짓자, 소울이가 한마디 했다.

"고뚱땡, 너도 먹어. 너 다른 데는 다 살쪘는데, 유일하게 가슴은 마른 편이야."

나도 매점으로 발길을 돌려 딸기 우유를 하나 샀다.

수업이 시작되기 전, 잠시 휴대전화를 꺼내 전원 버튼을 눌렀다. 휴대전화가 꺼져 있는 사이 모르는 번호로 전화가 다섯 통이나 와 있었다. 곧 이어 '연락 요망'이라는 문자 메시지가 여러 건 왔다. 스팸 문자일 거라고 생각하고 삭제하려고 했지만, 같은 번호로 온 음성 메시지가 있었다.

─고은비 양, 나 김종창 피디야. 왜 지난 토요일에 만났잖아. 기억하지? 급히 물어볼 게 있는데 이 번호로 연락 좀 줘.

숨이 턱 막혔다. 감독님이 내 연락처는 어떻게 알아냈을까? 아니, 왜 나에게 전화를 한 거지? 내가 어쩔 줄 몰라 하자, 아이들이 다가와 무슨 일이냐고 물었다.

"지난주에 만났던 감독님이야."

"정말? 너 캐스팅하려나 봐. 뭐 하고 있어? 얼른 전화해!"

떨리는 가슴을 진정시킨 후, 교실을 나와 아이들이 잘 다니지 않는 복도 끝으로 갔다.

조심스레 통화 버튼을 눌렀다. 벨이 몇 번 울리고, 감독님이 전화를 받았다.

"여보세요."

"안녕하세요. 저 고은비예요."

"아, 은비 양. 안 그래도 연락이 없어서 걱정했어."

"수업 중이라 전화를 못 받았어요."

"아, 맞다, 맞아. 고등학생이지?"

가만히 감독님의 말을 기다렸다. 캐스팅 제의를 한다면 뭐라고 대답하지? 무조건 열심히 하겠다고 말해야 하나? 그러면 배우로서 너무 자존심이 없어 보이지는 않을까?

"저기 지난번에 은비 양이랑 같이 있던 친구 말이야."

"네?"

"왜 늘씬하고 머리 긴 친구 말이야."

"혜지……요?"

"아, 그 친구 이름이 혜지구나. 그 친구 연락처 좀 알려 줘. 이번에 내가 새로 드라마를 시작하는데 아주 딱 맞는 얼굴이야."

머리도, 입도 굳어 버렸다.

"여보세요? 은비 양?"

"네."

"이 번호로 그 친구 연락처 좀 남겨 줘."

"저기…… 혜지는 탤런트 같은 거에 별로 관심이 없어요."

혜지는 길을 가다 CF모델 권유나 연예 기획사에 들어오라는 제의를 여러 차례 받았지만 모두 거절했다.

"그건 내가 만나서 설득할 테니까 염려 말고. 그럼 부탁 좀 할게."

감독님은 그 말만 남기고 전화를 끊었다.

몇 발짝 걷다가 다리에 힘이 풀려 복도에 주저앉았다. 저녁 식사 시간이 끝났다는 종소리가 들렸지만 도저히 움직일 수 없었다.

머리가 아파 보충 수업을 받을 수 없어서 엄마에게 말도 없이 일찍 집으로 왔다.

"무슨 일 있어?"

놀란 엄마에게 아파서 일찍 왔다고 하니, 엄마는 중간고사가 일주일 남았는데 제정신이냐며 화부터 냈다.

"참, 아까 김종창 감독한테 전화 왔더라. 며칠 전에 널 만났다고 하던데? 네 연락처 가르쳐 달라고 해서 안 가르쳐 주려고 하다가 네 친구 때문이라고 해서 알려 줬어. 진짜 그래서 연락한 것 맞아?"

아무 대답도 하지 않았다.

"설마 너보고 배우 하래?"

"그럴 리가 있겠어!"

"얘가 어디서 큰소리야? 미쳤어?"

"몰라, 모른다고!"

속이 부글거리기 시작하더니 울음이 터져 나왔다.

"왜 그러니? 학교에서 무슨 일 있었어?"

엄마의 물음에 아무 대답도 하지 않고 계속 울기만 했다. 엄마는 결국 화를 내고는 방에서 나갔다.

내 삶은 왜 이 모양일까? 왜 나는 예쁘지 않은 걸까? 이 죽일 놈의 살은 어떻게 해야만 하는 거지? 내 살들을 만져 보았다. 난 정말 이것들이 싫다. 얼굴, 팔뚝, 배, 허벅지 등 손 닿는 곳마다 마구 꼬집었다.

살이 빨갛게 변하며 더 부풀어 올랐다. 칼로 이 살들을 도려 내면 어떨까? 난 서랍을 열어 칼을 찾았다.

칼을 손에 쥐는 순간, 말도 안 되는 일이라는 생각이 들었다. 이렇게 한다고 해서 살이 빠질 리가 없다.

매일 밤 꿈을 꾼다. 꿈속에서 나는 예쁘고, 날씬하고, 연기를 잘하는 최고의 여배우다. 하지만 눈을 뜨면 어김없이 뚱뚱하고 못생긴 고은비가 나를 가로막고 있다. 할 수만 있다면 내 몸을 갖다 버리고 싶다. 다시는 찾아오지 못하도록 아주아주 멀리 이 몸을 갖다 버리고 나는 꼭꼭 숨어 버릴 거다.

세상은 정말 불공평하고 차별투성이다. 단지 외모가 예쁘다 는 이유만으로 배역을 쉽게 따내고, 기획사도 손쉽게 들어간 다. 하지만 그에 비해 나는, 나는 뭔가. 예쁜 것들이 일등석을 타고 갈 때, 이코노미 석, 아니 화물선을 타고 가야만 하는 나 의 현실이 너무나 밉다.

05

중간고사

세상에서 반드시 없어져야 하는 게 무엇일까?

1. 예쁜 것들

2. 전쟁

3. 시험

평소라면 1번을 꼽겠지만, 지금 당장은 3번이라고 대답할 것이다. 중간고사가 나흘 앞으로 다가왔다. 물론 시험 기간이 꼭 나쁜 것만은 아니다. 시험 기간에 엄마는 절대 잔소리하지 않고, 맛있는 간식을 많이 만들어 준다. 하지만 시험이 끝난 후 엄마와 치를 전쟁을 생각하면 끔찍하다.

앞에서 혜지가 꾸벅꾸벅 졸고 있다. 옆 책상을 보니, 지형이와 소울이도 곧 쓰러질 태세다. 서로 깨워 주기 위해 주말에 모여 공부하기로 했지만, 이러다가 다 같이 잘 것 같다.

혜지 팔꿈치 아래에 놓인 책을 재빠르게 빼냈다.

"어머!"

혜지가 놀라는 소리에 지형이와 소울이가 깨어났다. 지형이는 자기 소매에 묻은 침이 더럽다고 난리다.

"야, 우리 뭐 좀 먹고 하자. 먹으면 안 졸릴 거야."

지형이가 벌떡 일어나 문을 열고 나갔다. 이제 막 밤 10시가 지났다.

난 침대 위에 벌러덩 누웠고, 소울이는 스트레칭을 했고, 혜지는 인터넷을 하겠다며 컴퓨터를 켰다.

잠시 후, 지형이가 쟁반에 먹을 것을 한가득 담아 왔다. 어떻게 된 것이 집주인 혜지보다 지형이가 이 집 냉장고 사정을 더 잘 알고 있다.

"부엌에서 영민이랑 마주쳤어. 나보고 시험공부 열심히 하래. 영민이도 나한테 조금씩 관심을 갖는 것 같아."

지형이가 눈을 하트 모양으로 한 채 쉬지 않고 떠들어 댔다. 혜지가 희망을 가지라고 말했지만, 소울이는 헛소리 말라고 소리쳤다. 난 지형이의 말을 못 들은 척하고 쟁반만 쳐다보았다.

지형이는 딸기 우유와 롤케이크, 푸딩젤리를 가져왔다.

"난 이제 딸기 우유만 봐도 속이 울렁거려."

혜지는 그 말을 하면서도 딸기 우유를 집어 들었다. 나 역시 딸기 우유에 질릴 대로 질렸다. 처음에는 흰 우유와 다르게 달콤한 맛 때문에 좋았는데, 하루에 두 개씩 먹다 보니 이젠 흰 우유가 그립다.

"나불이, 이거 효과가 있긴 한 거야?"

소울이가 툴툴거렸다.

"금방 효과가 나겠어? 적어도 일 년은 먹어야지."

"이걸 일 년씩이나 먹어?"

"그럼 넌 먹지 말든지."

"누가 뭐래?"

지형이가 소울이의 딸기 우유를 뺏으려고 하자, 소울이가 우유 한 팩을 한 모금에 다 마셔 버렸다.

우린 간식을 먹은 후 다시 공부 모드로 들어갔다. 이번에는 자리를 바꿔 소울이와 내가 한 책상에 앉았다. 그러면 졸린 것이 덜할 것 같았다. 하지만 효과가 별로 없었다.

영어 문제집을 풀다가 모르는 문제가 나와 졸고 있는 소울이를 깨워 물어보았다.

그런데 갑자기 지형이가 소리를 빽 질렀다.

"너네 조용히 좀 해! 왜 그렇게 시끄러워?"

"야, 왜 그래?"

"몰라. 짜증 나 죽겠어. 수학 공식은 생각이 안 나고, 영어 단어는 못 외우겠고, 사회는 정답 같은 게 하나도 없어!"

지형이는 얼굴을 일그러뜨리더니 곧 울 것처럼 말했다.

"모란반 다시 들어가면 엄마가 겨울방학 때 쌍꺼풀 수술 시켜 준다고 했는데……. 다 틀렸어. 빌어먹을 모란반 같으니!"

지형이가 두 주먹을 꽉 쥐며 말했다. 우리 엄마의 요구 조건이 의대라면, 지형이네 엄마의 그것은 모란반이다.

"아무래도 이건 아니야. 우리 무식하게 공부하지 말자."

"그럼?"

"꼭 공부를 해야만 시험을 잘 볼 수 있는 건 아니라고. 공부할 시간에 차라리 다른 방법을 쓰자."

지형이가 비장한 얼굴로 말했다.

"뭐야? 커닝이라도 하겠다는 거야? 걸리면 어떻게 되는지 몰라?"

난 싫다고 했다. 혜지도 그렇게까지 해서 성적을 올리고 싶지 않다고 했고, 정의의 사도 소울이는 말할 것도 없다.

"그건 하수들이나 쓰는 거고."

"그럼?"

"요즘 일본에서 텔레파시가 유행하고 있대."

"텔레파시?"

지형이가 느끼한 미소를 날리며 우리에게 가까이 모이라고 했다. 그러고는 듣는 사람도 없는데 아주 작은 목소리로 말했다.

"텔레파시를 써서 시험을 보는 거야."

"뭐?"

"수학은 릴라가, 영어는 소울이, 국어는 내가 맡는 거지. 텔레파시로 서로에게 정답을 알려 주는 거야."

"그게 가능해?"

"물론! 연습만 열심히 하면 가능하대. 기껏해야 숫자를 알아맞히는 거잖아."

지형이는 블로그에 '텔레파시 잘 통하는 법' 이라는 글을 스크랩해 놓은 게 있다고 했다. 우리는 컴퓨터 주위로 모여 앉았다.

"자, 이거야."

텔레파시 통하는 법은 생각보다 간단했다.

1. 텔레파시를 주고받을 사람들이 모두 한자리에 앉아 정신을 집중한다.

2. 아무 생각도 하지 않은 채, 흰 도화지를 머리에 떠올린다.

3. 전송할 사람은 전송받을 사람의 이름을 마음속으로 스무

번 외친다.

　4. 그 사람이 알아들었다는 느낌이 왔을 때, 천천히 숫자 혹은 색깔 등을 머릿속에 떠올린다.

"텔레파시가 뭐 별거냐? 우리도 할 수 있어!"

지형이가 흥분해서 소리쳤다.

"그래, 한번 해 보자. 나도 도저히 더는 못 외우겠어."

혜지가 한숨을 쉬며 말했다. 혜지는 아직 영어 교과서에 실린 시험 범위의 단어도 다 못 외웠다. 혜지는 외우는 건 뭐든 싫어한다. 그래서 김종창 감독님의 끈질긴 설득에도 불구하고 캐스팅 제의를 거절했다. 안 그래도 외우는 게 싫은데 드라마 대본까지 외우며 살고 싶진 않다는 것이었다.

　우리는 텔레파시 통하는 방법을 숙지한 후 자리에 모여 앉았다. 먼저 내가 전송자가 되어 아이들에게 숫자 하나를 보내기로 했다.

　나는 눈을 감고 아무 생각도 하지 않은 채 숨을 이십 초 정도 참았다. 머릿속의 잡생각들이 점점 사라지는 느낌이 들었다.

　이윽고 머리가 하얗게 되었다는 느낌이 들어 속으로 아이들의 이름을 불러 보았다.

　'이소울. 백혜지. 나지형.'

스무 번을 반복해서 부른 후, '3'이라는 숫자를 열 번 생각했다.

"받았어?"

눈을 뜨고 아이들의 표정을 살펴보았다. 아이들이 고개를 끄덕였다.

"그럼 하나, 둘, 셋 하면 동시에 말하는 거야."

"좋아."

우리는 심호흡을 한 번 했다. 그리고 나의 구호에 맞춰 동시에 숫자를 말했다.

"3!"

"3!"

"3!"

"3!"

이, 이런…… 우리는 너무 놀라 아무 말도 하지 못한 채 서로의 얼굴을 쳐다보았다. 텔레파시가, 텔레파시가 통했다! 온몸에 소름이 돋았다.

"텔레파시는 친한 사람들끼리 잘 통한대. 그래서 쌍둥이들은 텔레파시가 잘 통한다잖아."

"그럼 우리가 쌍둥이만큼 친한 거야?"

"아악, 난 몰라!"

너무 좋아 서로를 부둥켜안았다. 안 그래도 영어와 국어 때문에 걱정이었는데, 텔레파시만 통한다면 전교 10등 안에 드는 건 문제도 아니다.

"다, 다시 한 번 해 보자."

난 놀란 가슴을 진정시킨 후 말했다. 아이들도 저마다 손으로 가슴을 쓸어내리며 심호흡을 했다.

아까와 마찬가지로 정신을 집중하여 머리를 맑게 만들었다.

이번에는 숫자 2를 생각했다.

"이번에도 동시에 말하자!"

"좋아."

신호에 맞추어 우리는 동시에 숫자를 말했다.

"2!"

"2!"

"2!"

"5!"

혜지가 다른 숫자를 말했다.

"얘들아, 미안해. 사실 내가 너무 좋아서 딴생각을 조금 했어. 미국에 가지 않는다고 생각하니까…… 우리 다시 해 보자, 응?"

우리는 다시 텔레파시를 시도했다. 혜지가 다시 집중을 한다면 이번에도 또 성공할 수 있을 것 같았다.

백 번을 시도했지만 처음 이후로 단 한 번도 성공하지 못했다. 나중에는 아예 네 명이 제각각 다른 숫자를 말했다

결국 텔레파시 연습을 그만하기로 했다.

"야, 그만 자고 내일 일어나서 공부하자."

누구도 내 의견에 반박하지 않았다. 새벽 1시가 넘었고, 고도의 집중을 해서 그런지 몸에 기운이 하나도 없었다. 우리는 아무 말도 하지 않고 조용히 이불을 펴고 자리에 누웠다.

잠이 막 오는 와중에 아이들의 생각이 텔레파시로 마구 전해졌다.

'텔레파시는 개뿔!'

시험 기간의 학교는 바람이 꽉 찬 풍선 같다. 학교도, 학생들도 잔뜩 긴장해 있다. 누가 조금이라도 건드리면 "빵!" 하고 터져 버릴 것이다.

수요일인 오늘부터 토요일까지 사흘간 총 열 과목의 시험을 본다. 시험 기간에는 보충 수업이 없기 때문에 아침 보충 수업 시간에도 자습을 한다.

교실 안은 조용하다. 사각거리는 펜 소리만 들릴 뿐이다. 시험 첫날이고, 더구나 시험을 아직 치르기 전이라 아이들 대부

분이 집중해서 공부를 하고 있다. 시험 마지막 날이 되면 서너 명씩 포기하고 잠을 자기도 하지만, 첫날에는 그런 모습을 볼 수 없다.

2교시 시험 과목인 사회 문제집을 덮고, 1교시에 볼 국어 자습서를 꺼냈다. 시험을 시작하는 9시까지 이제 삼십 분이 남았다. 슬슬 국어 공부를 해야 할 시간이다.

나는 국어가 제일 싫다. 헷갈리는 문제투성이다. 이것도 답인 것 같고, 또 저것도 답인 것 같다. 수학처럼 답이 명확하게 나오면 얼마나 좋을까? 늘 국어가 평균을 다 깎아 먹었다.

지난 학기 기말고사에서 윤흥길의 『장마』가 시험 범위에 들어갔는데, 문제 다섯 개 중 세 개를 틀렸다. 지문의 한 부분을 체크해 놓고, 외할머니의 심리 상태를 묻는 질문이었다. 난 분명 소설 속 외할머니가 억울함을 느낄 것이라고 생각하여 '사돈 남 말한다고, 자기네 잘못은 생각하지도 않고 나만 원망하고 있으니 참 어이가 없네.'를 골랐다. 하지만 '까마귀 날자 배 떨어진다더니, 하필이면 내가 왜 거기에 갔을까? 하지만 고의는 아니었다.'가 정답이었다. 내가 보기에는 억울한 마음이 더 컸을 것 같은데, 그게 아니었다. 인생에는 정답이 없다더니만, 인생의 축소판이라는 소설을 가지고는 잘도 정답을 만들어 냈다.

뒷문 열리는 소리가 들려 돌아보니 혜지였다. 벌써 몇 번째

118

인지 모르겠다. 옆에 앉은 지형이에게 무슨 일 있느냐고 쪽지로 물어보았지만, 모른다는 답변만 돌아왔다.

"딩동댕동."

1교시 시험 시간을 알리는 종소리와 함께 아이들이 "아우……." 하고 한숨을 내쉬었다.

잠시 후, 1교시 시험 감독 선생님이 들어왔다.

제길, 이상해 씨다. 아이들의 표정이 급격하게 나빠졌다. 아이들은 이상해 씨가 뭐라고 하지도 않았는데 알아서 책상 위뿐 아니라, 서랍에 있던 책을 모조리 가방에 넣었다. 이상해 씨에게 괜한 꼬투리 잡혀서 좋을 게 하나도 없었다.

"책상 위에 연필이랑 샤프, 수성펜 빼고 나머지는 싹 다 가방에 넣어라. 다른 게 하나라도 있으면 무조건 커닝으로 간주한다. 알겠냐? 꼭 공부도 못하는 것들이 커닝한다고 설치지. 괜히 성적 올려 보려고 하지 말고, 자기 능력껏 시험 쳐라."

이상해 씨가 혀를 날름거리며 말했다.

종이 울린 지가 한참 되었는데도 이상해 씨는 시험지를 내줄 생각을 하지 않고, 아이들에게 잔소리를 계속 늘어놓았다. 시간이 지날수록 조금씩 초조해지기 시작했다. 남들보다 지문을 더 천천히 읽는 나는 국어 시험에 시간이 더 필요하다.

하지만 이상해 씨는 자그만치 삼 분가량을 더 떠들고, 시험지와 OMR 카드 답안지를 내주었다.

예상보다 빨리 문제를 풀었다. OMR 카드에 체크를 했는데도 시험 시간이 오 분가량 더 남았다.

"저기 선생님, 다 풀었으면 화장실 가도 돼요?"

이상해 씨에게 지적당할까 봐 고개를 돌리지 않았지만 혜지의 목소리가 분명했다. 이상해 씨는 시험을 치는 자세가 글렀다며 한 번이라도 더 검토해야 되지 않겠느냐는 말을 늘어놓더니 겨우 허락했다.

시험 종료를 알리는 종이 울리자, 이상해 씨가 칼같이 시험지를 걷어 갔다.

이상해 씨가 나가자 아이들 대부분이 답을 맞춰 보기 위해 모였다. 난 지형이에게 달려가 헷갈렸던 문제를 물어보았다.

"20번은 몇 번이야?"

"3번."

"그럼 7번은?"

"4번."

둘 다 지형이의 답과 달랐다. 마지막에 괜히 고쳤나 보다.

자리로 돌아가려는데 혜지가 교실로 들어오는 게 보였다. 얼굴이 창백하게 질려 있었다.

"야, 어디 아파? 왜 그래?"

"어제 커피를 좀 많이 마셨어."

"얼마나 많이 먹었는데?"

"열 잔……."

"열 잔씩이나? 왜?"

"공부하는데 너무 잠이 오잖아."

혜지는 화장실에서 너무 기운을 써 버렸는지, 간신히 말을 내뱉었다.

"괜찮겠어?"

걱정하지 말라던 혜지는 2교시 시험을 시작하기 전에 다시 한 번 화장실에 다녀오겠다며 교실 문을 열고 뛰어나갔다.

"과유불급이라더니."

지형이가 고개를 설레설레 저으며 말했다.

"야, 설마 18번 사자성어 답 그거야?"

"응."

빌어먹을, 이번 국어 시험도 망했다.

06

오디션

엄마가 오늘따라 유달리 더 친절하게 현관문을 열어 주었다.

"우리 딸, 왔어?"

"응."

되도록 엄마 얼굴을 보지 않으려고 피했다. 하지만 엄마가 방까지 따라 들어왔다.

"시험 잘 봤어?"

엄마의 목소리에 상냥함이 줄줄 흘렀지만 그것이 오래가지 못할 거라는 불길한 예감이 스멀스멀 올라왔다.

"뭐, 그럭저럭."

"평균 몇 점 나왔는데? 좀 올랐어?"

"몰라. 아직 답 안 나왔어."

"무슨 소리야? 답 다 나왔잖아."

엄마가 얼굴의 미소를 싹 거두며 소리쳤다.

"어떻게…… 알았어?"

"어떻게 알긴? 엄마가 너에 대해 모르는 게 뭐가 있니?"

거짓말! 그렇다면 지금 내 기분은 왜 모르는 걸까? 난 성적에 대해 이야기하고 싶지 않다고요!

"오늘 담임 선생님한테 전화해서 다 물어봤어."

"또 전화했어? 제발 좀 전화하지 말라고 했잖아."

"전화 좀 하면 안 돼? 학부모가 궁금한 게 있으면 물어볼 수도 있지. 그나저나 선영이는 평균이 5점이나 올랐다더라. 역시 모란반에서 관리를 잘해 주나 봐. 걔는 원래 간신히 모란반에 들어갔던 거잖아."

모란반 선영이의 성적은 항상 엄마를 통해 먼저 들었다. 선영이 역시 나에 대해 그럴 거다.

"우리 딸은 몇 점 올랐어?"

"조금…… 떨어졌어."

"뭐?"

"몰라. 다른 애들도 다 어려웠대."

"그런데 선영이는 어떻게 5점이나 오를 수가 있어?"

"선영이만 특별히 잘 봤나 보지 뭐."

"그게 말이 돼? 그래서 얼마나 떨어졌는데?"

엄마가 내 앞으로 얼굴을 바짝 들이밀었다. 아, 순간 지진이라도 확 나면 좋겠다. 그러면 정신없어 성적을 묻지도 않을 텐데. 아니다. 엄마는 내 성적을 먼저 물어본 후에 대피할 거다.

"2점……."

"2점씩이나? 어떻게 오를 줄은 모르고 계속 떨어지기만 하냐? 그러기에 공부 좀 열심히 하라고 했잖아! 너 평생 후회하며 살고 싶어? 지금이 얼마나 중요한지 몰라서 그래?"

엄마의 도돌이표 연주가 또 시작되었다.

"엄마, 그만 좀 해. 나도 우울하단 말이야. 엄마가 자꾸 그러면 우울증 걸릴지도 몰라."

"우울? 조그만 게 우울은 무슨 우울?"

"아씨, 또 언제는 다 컸다고 하더니만?"

지난 설날에 세배를 했더니, 엄마는 세뱃돈은 애들만 받는 거라며 주지 않았다. 도대체 어느 장단에 맞추라는 거야? 난 조그만 거야, 다 큰 거야?

불만이 가득한 눈으로 엄마를 쳐다보았지만, 엄마는 아랑곳하지 않고 공부나 똑바로 하라는 말을 남긴 채 문을 쾅 닫고 나갔다.

인터넷 오디션 까페에 들어가 정보를 찾고 있는데 혜지에게 전화가 왔다.

"은비야, 지금 우리 집에 좀 올 수 있어?"

혜지의 목소리가 잔뜩 들떠 있었다.

"왜? 오늘은 과외 쉬기로 했잖아."

"야, 릴라, 빨리 와! 너 지금 안 오면 평생 후회할지도 몰라!"

수화기 건너편에서 지형이의 목소리가 들렸다. 오늘도 지형이는 혜지네 집으로 하교했다. 지형이는 혜지 과외를 핑계로 일주일에 여섯 번 혜지네 집에 갔다. 그 덕분인지 이번 중간고사에서 혜지의 국어 성적이 제일 많이 오르긴 했다.

"우리 삼촌이 지금 너 좀 만났으면 해서."

"뭐? 진짜? 야, 조금만 기다려. 금방 갈게."

난 학교에 두고 온 MP3를 찾으러 가야겠다고 말하고 서둘러 집에서 나왔다.

혜지네 외삼촌이 왜 나를 보지고 한 건까? 한 달 가까이 혜지네 집에 드나들었지만, 혜지네 외삼촌을 한 번도 만나지 못했다. 혜지네 외삼촌은 영화사 사람들과 함께 강원도에 있는 콘도미니엄에서 시나리오를 쓰고 있어 집에 자주 오지 않았다.

가슴에 손을 얹고 쿵쿵 뛰는 심장을 가라앉혔다. 어쩌면 별일 아닐 수도 있다. 혜지가 하도 내 이야기를 많이 해, 집에 들른 외삼촌이 그냥 내 얼굴 한번 보자는지도 모른다. 하지만 지형이는 지금 오지 않으면 평생 후회할 거라는 말을 했다. 분명 무슨 일이 있기 때문에 그렇게 말한 것이다. 지형이가 과장을 잘하기는 하지만, 설마 얼굴 한번 보자고 한 일에 그렇게 말했을까? 혜지네 외삼촌이 나를 영화에 캐스팅하려는 게 분명하다. 그런데 나를 보고 실망하면 어쩌지?

이런저런 생각을 하는 사이 혜지네 집 앞에 도착했다.

초인종을 누르고 혜지가 나오기를 기다렸다.

"왔어? 들어와."

갑자기 집이 낯설다. 오늘은 꼭 이곳이 오디션 심사장처럼 느껴졌다.

"안녕하세요, 아줌마."

부엌으로 가서 혜지네 엄마에게 인사를 드렸다. 지형이는 부엌에서 혜지 엄마와 함께 콩나물을 다듬고 있었다. 요즘 지형이는 영민이가 엄마 말이라면 껌뻑 죽는다는 사실을 알아낸 뒤, 혜지네 엄마를 공략 중이었다.

"왔어?"

지형이가 고개를 돌려 알은척을 했다. 그런데 지형이의 앞머리가 이상했다. 뱅 헤어스타일이긴 한데, 지나치게 짧아 이마가 반이나 훤히 드러났다.

"너 머리가 왜 그래?"

지형이에게 바짝 다가가 머리를 살펴보았다. 하지만 지형이
는 별일 아니라는 듯 날 밀어냈다.

"내가 이상하게 잘랐지? 미안해서 어쩌니, 지형아."

혜지네 엄마가 지형이의 앞머리를 매만지며 말했다.

"아니에요, 아줌마. 이거 요즘 유행하는 최신 헤어스타일이
에요. 안 그래도 이 머리 꼭 하고 싶었어요."

지형이가 내게 얼른 나가라는 눈짓을 주었다.

"지형이는 어쩜 그렇게 말도 예쁘게 하니? 엄마가 아주 좋아
하시겠어."

아줌마는 입이 마르도록 지형이를 칭찬했다. 요즘 혜지네 모
녀는 지형이에게 푹 빠져 있었다. 지형만큼 친절하고 성격 좋
은 애가 없다나 뭐라나. 하지만 지형이는 영민이 때문에 가면
을 쓰고 있는 것뿐이다. 지형이가 엄마에게 대들다가 얻어맞는
일이 얼마나 자주 있는지, 제 여동생에게 얼마나 막하게 구는
지 알면 절대 그런 소리 못할 거다.

"지형이 머리 엄청 웃기지? 우리 엄마가 며칠 진에 홈쇼핑에
서 미용 가위를 샀거든."

혜지의 말에 주위를 둘러보니 식탁 한켠에 가위 세트가 놓여

있었다.

혜지와 함께 거실로 나왔다.

"저기, 삼촌은?"

"곧 올 거야. 뭐 마실 것 좀 줄까?"

"물 좀."

입안이 바짝 말라 있었다.

내가 단숨에 물을 다 마시자 혜지는 다시 물 한 잔을 더 가져 다주었고, 그것도 한 모금에 다 마셨다.

"너 혹시 배고파?"

"아니, 나라고 항상 배고픈 건 아니야."

부엌에서 깔깔거리는 소리가 들렸다. 지형이는 웃긴 머리를 하고 잘도 웃어 댔다.

"근데 삼촌이 왜 나를 보자고 한 거야?"

"나도 잘은 모르겠어. 네 얘기 했더니, 널 좀 만나고 싶대."

물을 많이 마셔서 그런지 급히 신호가 와서 화장실로 갔다.

손을 씻고 있는데 바깥에서 모르는 남자 목소리가 들렸다. 가슴에서 다시 방망이질이 시작되었다.

거실로 나와 보니, 소파에 혜지와 외삼촌이 앉아 있었다. 온몸이 부들부들 떨렸다. 자칫 성난 고릴라처럼 보일까 봐 걱정도 되었다.

"삼촌, 얘가 은비야."

"안녕하세요. 고은비입니다."

"반갑다. 앉아."

혜지네 외삼촌은 생각보다 훨씬 더 젊어 보였다. 삼십 대 중반이라고 들었는데 얼굴이 작아서 그런지 이십 대 후반 정도로 보였고, 테가 동그란 안경을 쓰고 있어서 꼭 해리포터 같았다.

"어렸을 때 연기했다면서?"

"네, 베스트 극장에도 출연했고 뽀뽀뽀 어린이 무용단도 했어요. 믿기 힘드시겠지만 사실이에요."

긴장을 풀려고 농담하듯 말했다. 다행히 혜지네 외삼촌이 재미있어했다.

"삼촌, 은비 수학 되게 잘해. 얘 수학 천재야."

혜지의 그릇된 칭찬이 또 시작되었다. 혜지한테 나는 '수학 잘하는 애', 그 이상도 이하도 아니다. 혜지는 자기 식구들, 심지어 길에서 만난 중학교 동창에게까지 내가 수학을 잘한다고 소개했다.

"저 연기도 잘해요. 연기 학원도 오 년 넘게 다녔고요, 어린이 뮤지컬에도 나왔어요."

혜지가 끼어들 틈을 주지 않기 위해 쉬지 않고 내 소개를 했다.

“저기 감독님.”

“편하게 삼촌이라고 불러. 감독님이란 소리 들으니까 이상하다.”

혜지네 삼촌이 손사래를 쳤다.

“혹시 연극해 본 적은 있니?”

“아니요.”

“내 친구가 이번에 연극 연출을 하거든. 거기 사십 대 여주인공이 어린 시절을 회상하는 부분이 있대. 그러니까 여주인공의 아역 역할인데 출연 시간은 그리 길지 않아. 오 분 정도 나오는데 혹시 관심 있니? 오디션 한번 볼래?”

“네! 저 잘할 수 있어요. 저 꼭 오디션 보게 해 주세요!”

소파에서 일어나 두 주먹을 불끈 쥐고 말했다. 그러자 혜지네 외삼촌이 너무 놀라 소파 뒤로 몸을 피했다. 거실 창문에 성난 고릴라 한 마리가 비쳤다.

나는 슬그머니 소파에 앉았다.

삼촌은 친구에게 전화해 보겠다며 방으로 들어갔다.

“릴라, 축하해! 그것 봐. 내가 잘될 거라고 했잖아!”

지형이가 콩나물을 다듬다 말고 부엌에서 뛰쳐나왔다. 지형이의 앞머리를 보니까 긴장이 사라지면서 웃음이 나왔다. 하지만 지형이는 그것도 모른 채 내가 오디션 기회를 얻어 그런 줄로 아는 것 같았다.

중간고사 성적이 나왔다. 슬프게도 전교 등수가 3등이나 떨어졌다. 하지만 나보다 심각한 건 혜지였다. 혜지는 평균이 5점이나 올랐지만, 반 등수가 단 한 등수도 오르지 않았다.

"미안해, 혜지야."

"너희들이 왜? 내가 워낙 독자적인 꼴찌라서 그래."

난 '독자적'을 '독보적'이라고 고쳐 주려다가 그만두었다. 혜지의 기를 더 죽일 필요는 없다.

"근데 소울아, 미국 어때? 거기도 사람 사는 곳이긴 하지?"

"당연하지."

"거기 우리나라보다 훨씬 더 많은 사람들이 살고 있어. 그리고 한국 사람들도 엄청 많아."

소울이가 대답하기 전에 지형이가 먼저 선수 쳤다. 소울이는 미국에 대해 좋은 기억을 갖고 있지 않아 미국 이야기만 나오면 짜증을 냈다. 초등학교 2학년 때 미국으로 이민을 갔는데, 영어를 못하고 동양인이라는 이유로 심하게 괴롭힘을 당했다는 것이었다. 미국 애들이 얼굴이 하얘지라며 소울이의 얼굴에 우유를 쏟아 붓기도 하고, 콜라를 마셔 본 적이 없을 거라며 팔다리를 잡아 억지로 입을 벌리게 해 콜라를 먹였다고도 했다.

소울이는 자기가 키가 크지 않은 건 그때 하도 스트레스를 많이 받았기 때문이라고 했다. 하지만 소울이네 가족사진을 보니 꼭 그 이유만은 아닌 것 같았다.

"나, 미국 가도 괜찮겠지?"

혜지가 다시 한 번 소울이에게 물었다. 나와 지형이는 혜지 몰래 소울이에게 괜찮다고 말하라는 제스처를 취했다.

"물론이지."

소울이의 답변에 나와 지형이는 안도의 숨을 내쉬었다.

"그런데 혜지야."

소울이가 혜지를 불렀고, 우린 다시 소울이를 노려보며 헛소리하면 가만 두지 않겠다는 신호를 보냈다.

"아직 포기하기는 일러. 우리에게는 기말고사가 있잖아. 열심히 하면 그때는 꼭 30등 안에 들지 몰라."

"정말 그럴까?"

혜지가 기죽은 목소리로 우리에게 물었다. 물론 혜지는 소울이처럼 괴롭힘을 당하지 않을 것이다. 어쩌면 얼굴이 너무 예뻐 할리우드 영화에 나오는 학교 퀸카가 될지도 모른다. 하지만 그건 혜지가 어느 정도 말이 통했을 때 이야기다. 혜지가 미국에 간다면 '백치 아다다'가 되고 말 것이다.

"열심히 하면 안 되는 건 없어. 음, 낙수가 바위를 뚫는다잖아."

"그리고 백지장도 맞들면 낫다고 했어. 우리가 다시 힘을 합쳐서 열심히 하면 가능해."

우리는 계속해서 혜지를 위로했다. 혜지의 표정이 조금씩 밝아지는 듯했다.

"그래, 맞아. 콩 한 쪽도 나눠 먹으랬잖아."

"야, 그건 아니지!"

누가 먼저랄 것도 없이 우리 셋은 혜지에게 빽 소리를 질렀다.

청소가 끝나고 교무실로 갔다. 담임 선생님과 이상해 씨에게 보충을 빠지겠다는 허락을 받아야 했다.

이상해 씨가 보이지 않아 먼저 담임 선생님에게 갔다.

"저, 선생님."

"어, 웬일이야?"

"오늘 저녁 보충 하지 않고 집에 가면 안 될까요?"

"왜?"

"오늘 연극 오디션이 있어서요."

다른 선생님들이 듣지 못하도록 담임 선생님 귀에 대고 조용히 말했다.

"이번엔 연극이야?"

“네.”

“꼭 캐스팅 되었으면 좋겠다. 연극하면 연기 실력이 무척 많이 늘거든. 선생님도 대학 때 연극반 했었어.”

“우아, 정말요?”

“응. 근데 난 연기를 못해서 결국 연출부로 밀려났지.”

선생님이 웃기에 나도 따라 웃었다.

“너, 선생님을 비웃는 거야?”

선생님의 표정이 어색했다. 화난 척을 하는 것 같은데 ‘척’인 게 다 표시가 났다. 왜 연출부로 밀려났는지 알 것 같았다.

“역시 난 연기가 안 돼. 오늘 가서 잘해. 고은비, 파이팅이다!”

다음은 이상해 씨 차례다. 교무실 바깥에서 이상해 씨를 기다렸다. 모란반 보충을 빠지기 위해서는 모란반 담당인 그분의 허락이 꼭 필요하다.

저 멀리 이상해 씨가 걸어오는 게 보였다. 난 숨을 참고 있다가 이상해 씨가 다가왔을 때 다시 숨을 쉬기 시작했다. 이 정도면 얼굴이 많이 창백해졌겠지?

“선생님……”

“왜?”

이상해 씨가 심드렁한 얼굴로 나를 쳐다봤다.

"배가…… 아파서요."

"그런데?"

"설사해요."

"그래서?"

"오늘 모란반 보충 빠지면 안 될까요?"

몸을 배배 꼬며 말했다.

"안 돼."

이상해 씨는 내 말을 더 들어 보지 않고 교무실로 들어가려
고 했다. 역시 호락호락 넘어가는 일이 없다.

"아아, 선생님! 아파 죽겠어요!"

나는 이상해 씨의 앞을 가로막았다.

"넌 건강하게 생긴 애가 왜 그렇게 자주 아프냐?"

난 오디션이 있을 때마다 설사, 배탈, 혹은 감기에 걸려야
했다.

"어우, 선생님, 죽을 것 같아요. 오늘 수업 시간에도 화장실을
몇 번이나 들락날락했는데요. 신생님, 진짜 배 아파 죽겠어요."

이상해 씨는 끄덕도 하지 않았다. 이상해 씨에게 자비를 바
란 내가 어리석었다.

"제가 들락날락하면 다른 애들한테도 피해를 줄 것 아니에
요? 저 때문에 애들이 수업에 집중 못하면 어떻게 해요?"

이상해 씨는 잠시 무언가를 생각하는 듯했다. 이 틈을 치고 들어가야 한다.

"저 오 분에 한 번씩 화장실 갔어요. 아, 선생님, 빨리 허락해 주세요. 지금 당장 나올라 그래요. 아……."

"고은비, 이번이 마지막이다! 얼른 가!"

"네."

항문에 힘을 주어 간신히 걷는 것처럼 걸었다.

오늘도 내 연기는 끝내주었다. 도대체 언제쯤이면 이 연기력을 선생님을 속여 먹는 데가 아닌 다른 곳에 쓸 수 있을까?

극단 건물을 찾는 건 어렵지 않았다. 지하철에서 내려 오 분 정도 걸으니 '산여울'이라는 소극장이 나왔다.

극단에 들어서는데 다리가 후들후들거렸다. 이번 기회를 놓치게 되면 언제 또 기회가 올지 모른다.

오늘은 공연이 없는지 극장 안이 한산했다. 벽에 군데군데 연극 포스터가 붙어 있었지만, 모두 지난 공연들이었다. 포스터에 있는 배우 중에 반은 텔레비전과 영화에도 나온 유명인이고, 반은 잘 모르는 배우들이었다. 내 얼굴이 포스터에 실리면 기분이 어떨까? '주연 배우 고은비'라고 실린 포스터가 나온다면 한 달간 굶어도 배부를 것 같다.

"저기, 정재민 감독님 뵈러 왔는데요."

안내 데스크에서 2층으로 가 보라고 알려 주었다. 위로 향하는 철제 계단을 하나씩 밟을 때마다 심장박동이 점점 더 빨라졌다.

2층에 'staff' 라고 적힌 문을 열고 들어가니, 삼십 대 중반쯤 되어 보이는 여자가 의자에 앉아 있었다. 여자는 짧은 커트 머리에 청바지를 입고 있어, 얼핏 남자 같아 보였다.

"안녕하세요, 고은비입니다."

90도로 몸을 숙여 큰 소리로 인사했다. 고개를 들자, 감독님이 내게 손을 내밀어 악수를 청했다.

"반가워요. 들어와서 앉아요."

감독님이 내준 의자에 앉았다. 감독님을 직접 만나니 더 긴장이 되었다.

"연극 내용은 수창이한테 들었죠? 아, 이수창 감독이랑은 대학 동기야. 그래서 감독이라는 소리가 잘 안 나와."

감독님은 대본을 건네주고는 십 분 뒤에 연기 테스트를 하겠다며 밖으로 나갔다.

얼마 만에 만져 보는 진짜 대본인지 모르겠다. 다른 오디션에서는 A4 한 장짜리 쪽 대본을 주었다.

대본 표지에는 '마주 서다' 라는 제목이 적혀 있었고 첫 장을 넘기니 간략한 시놉시스가 있었다.

잘 나가는 인기 여배우 '유혜인'이 어느 날 갑자기 실어증에 걸린다. 매니저 박철민은 유혜인의 병을 고치기 위해 정신과 상담을 받게 하지만 전혀 소용이 없다. 유혜인의 과거와 가족에 대해 알지 못하는 박철민은 유혜인의 과거를 추적해 나가고, 이를 통해 유혜인 역시 자신도 지우고 살았던 과거를 찾게 된다.

스무 살 이전의 유혜인은 못생기고 뚱뚱한, 유혜자라는 소녀였다. 하지만 피나는 노력 끝에 예뻐졌고, 과거를 몽땅 지운 채 살았던 것이다. 유혜인은 과거의 자신에게 미안하다고 사과하게 되고, 그제야 실어증을 고칠 수 있게 된다.

내가 연기하는 유혜자는 유혜인이 기억하고 싶지 않은 십 대의 모습으로, 유혜인에게 나타나 화를 내고 소리치며 따진다.

대사를 소리 내 읽어 보았다.

"왜 나를 모른 척했어? 어쩜 그렇게 나를 내동댕이칠 수 있냐고? 한 번쯤 날 안아 줄 수 있었잖아! 내가 얼마나 외로웠는지 알아? 얼마나 비참했는지 아냐고? 난 항상 여기 있었어. 당신이 나를 찾아와 주길 바랐다고! 하지만 당신은 한 번도, 단 한 번도 뒤돌아보지 않았어!"

누군가 내 가슴을 바늘로 콕콕 찔렀다. 나 역시 고은비를 버리고 싶었다. 뚱뚱하고 못생긴 고은비는 나의 장애물이었다.

소리 내 대사를 외우고 있는데 감독님이 문을 열고 들어왔다.

"한번 해 볼래?"

"네."

이상하다. 다른 오디션 때와 다르게 조금도 가슴이 떨리지 않았다.

저기 유혜인이 앉아 있다. 이십 년 만에야 나를 찾아온 유혜인이다. 난 유혜자가 되어 유혜인에게 말을 걸었다.

조금씩 숨이 가빠지기 시작했다.

"잘했어, 고은비. 자."

감독님이 휴지를 건네주었다. 연기를 하는 도중에 나도 모르게 눈물이 줄줄 흘러내렸다.

"네가 유혜자 해야겠다."

"정말요? 진짜요?"

믿을 수가 없었다. 내게도 이런 날이 오다니……. 가슴이 터질 것 같았고 간신히 멈춘 눈물이 또다시 흘렀다.

"고은비, 잘할 수 있겠지?"

"네! 연극 무대는 처음이지만, 어렸을 때 어린이 뮤지컬을 해서 무대에 서 본 적이 있어요."

난 울면서, 그리고 웃으면서 대답했다.

"그래? 다행이다. 유혜자가 연극에 나오는 시간은 칠팔 분 정도밖에 되지 않아. 그래도 아주 중요한 역할이야. 알지?"

"네, 알아요. 정말 정말 열심히 할게요."

"연기 학원에도 부탁해 놨는데 유혜자를 찾는 게 쉽지 않더라. 거긴 늘씬하고 예쁜 애들만 있더라고. 하여튼 이제 한시름 놨네. 얼마나 마음 졸였는데. 내가 수창이한테 근사하게 한턱 쏴야겠어. 아니지, 우리 은비한테 먼저 제대로 된 식사를 대접해야지. 은비, 뭐 좋아하니?"

"전 다 좋아해요. 그렇지 않고선 지금의 제가 있을 리 없죠."

감독님이 내 볼을 꼬집었다. 내가 너무 귀엽다나 뭐라나.

감독님은 모든 접시를 깨끗하게 비우는 나를 보고 감탄했다. 체중 관리를 하는 배우들 때문에 음식을 사 주면서 서운할 때가 많았는데, 나는 언제든지 사 주고 싶은 마음이 들 정도로 잘 먹어 예쁘다고 했다.

"연극배우 중에는 뚱뚱한 사람들도 더러 있어. 세상에는 다양한 사람들이 살고 있는데 예쁘고 날씬한 사람들만 배우를 하는 건 가짜를 그리는 것밖에 안 돼."

다이어트에 번번이 실패해 속상하다는 내 이야기를 듣고 감독님이 해 준 말이다. 이제까지 오디션에서 만났던 감독들은 하나같이 내게 뚱뚱하다며 뭐라고 했다. "평범한 17세의 여고생을 찾습니다."라고 해서 가면 나는 평범하지 않다고 했다. 그들이 정의하는 '평범'에는 뚱뚱하고 못생긴 사람은 들어가지 못했다.

집에 들어가는 길에 지형이와 소울, 혜지에게 전화를 걸어 오디션에 합격했다는 말을 했다. 걔네들이 전화기에 대고 잘됐다며 하도 소리를 지르는 바람에 귀가 멍멍하다.

제과점에 들러 엄마가 좋아하는 모나카를 샀지만, 아직 10시밖에 되지 않았다. 평소 보충 수업이 끝나고 집에 도착하는 시간은 10시 30분이다.

집에 들어가는 대신 아파트 놀이터로 갔다.

놀이터 그네에 누군가 앉아 있다. 이 밤에 누굴까? 몸집이 작은 걸로 보아 어른은 아닌 것 같았다.

그네에 가까이 다가갔다.

"어, 웬일이야?"

위층에 사는 현석이다. 현석이는 나를 보고 조금 놀란 듯했다.

"왜 안 들어가? 엄마 기다리실 텐데."

“오늘 학원 수업이 조금 일찍 끝났거든요.”

“그렇구나.”

난 빈 그네에 앉았다.

“그러는 누나는 왜 안 들어가요?”

“그냥…… 조금 있다가 들어가려고.”

발을 굴러 그네를 탔다. 하지만 옆자리에 현석이가 너무 의젓하게 앉아 있어, 그네 타기를 그만두었다.

“너, 놀이터에는 거의 안 오지?”

현석이가 고개를 끄덕였다. 주말에 아파트 놀이터는 항상 붐빈다. 평일에는 학원을 다녀 놀이터에 오지 않는 아이들도 주말에는 놀이터에서 살다시피 한다. 하지만 현석이를 놀이터에서 본 건 오늘이 처음이다.

“주말에는 뭐 해?”

“과외 받아요. 주말밖에 시간이 안 되는 선생님들이 계셔서요.”

“그럼 넌 언제 놀아?”

“안 놀아요. 엄마가 놀면 안 된대요. 습관 된다고요. 노는 것도 다 습관이래요.”

제발 그 이야기만은 현석이네 엄마가 우리 엄마에게 하지 않기를 바란다. 엄마는 다른 엄마들이 하는 거라면 뭐든 따라 했다. 지난번에는 서울대 법대에 다니는 자녀를 둔 학부모를 만나고 오더니, 그 사람이 새벽 시간을 이용해 큰 효과를 거두었다며 새벽 5시부터 깨우는 바람에 한동안 죽을 뻔했다. 다행히 아침형 학습이 모든 사람에게 다 맞지 않는다는 신문 기사 덕분에 이 주일인가 하다가 그만두었다.

"누나는 고등학생이죠?"

"응."

"고등학생이 되면 어때요?"

"어떻다니?"

난감했다. 만약 현석이와 같은 나이의 초등학교 4학년인 사촌 동생 은규가 물었다면, "자식아, 넌 말해 줘도 몰라. 초등학생과 고등학생은 차원이 틀리지."라고 대답했을 것이다. 은규 수준에서 물어볼 수 있는 질문이라면, "고등학생이 되면 엄마가 세뱃돈 안 뺏어?", "고등학생이 되면 게임해도 엄마가 뭐라고 안 해?", "고등학생이 되면 남자랑 여자랑 뽀뽀도 해?"라는 질문이 전부일 테니까. 하지만 현석이는 좀 무섭다.

"좀 살만 해요?"

현석이가 나를 똑바로 쳐다보며 물었다. 난 조금 고민하다가 대답했다.

"사실 별로야. 학년이 올라갈수록 공부해야 할 건 더 많고,

엄마의 잔소리는 더 심해져. 뭐니 뭐니 해도 초등학교 시절이 최고야. 중학생만 되도 석차가 다 공개되거든."

"그렇구나."

현석이가 한숨을 푹 하고 내쉬었다.

"원래 인생이 다 그런 거야."

그렇게 말하고 나니, 꼭 내가 어른이 된 것 같았다. 난 현석이의 등을 두드려 주었다.

"하지만 너는 괜찮을 거야. 워낙 똑똑하고, 공부를 잘하니까. 참, 너 영재 교육도 받는다면서?"

현석이는 아무 대꾸도 하지 않았다. 얼굴을 살펴보니 표정에도 별 변화가 없었다.

"그만 가야겠어요. 학원 마칠 시간이에요."

현석이가 그네에서 일어섰다. 휴대전화로 시간을 확인하니 정확히 10시 30분이다.

나도 현석이를 따라 일어섰다.

"무거울 텐데 내가 좀 들어 줄까?"

"괜찮아요."

현석이는 등에 멘 책가방 말고도 양쪽으로 두 개씩 가방 네 개를 들고 있었다.

"후유, 후유, 후유……."

엘리베이터 안이 현석이의 한숨으로 가득 찼다. 현석이는 습관처럼 한숨을 내쉬었다.

나는 문을 열어 주는 엄마에게 모나카 봉투를 내밀었다.

"너, 성적 떨어져서 그렇지?"

엄마가 대뜸 쏘아붙였다.

"아니야. 왜 엄마는 딸내미의 정성을 무시해?"

"그럼 성적표 내놔 봐. 오늘 나왔잖아."

가방에서 주섬주섬 성적표를 꺼내 엄마에게 주었다.

"이것 봐, 이것 봐. 떨어졌잖아! 정말 어떻게 하려고 그래?"

엄마가 흥분하여 고래고래 소리를 질렀고, 난 잠자코 듣기만 했다. 이럴 땐 살짝 고개를 숙이고 미간을 찌푸린 표정이 좋다. 이래야 엄마에게 덜 혼난다. 십칠 년 동안 엄마와 살면서 터득한 기술이다.

"영어 점수가 이게 뭐야? 유치원 때부터 영어를 했어야 했는데 넌 너무 늦게 시작했어. 연기 학원 다닌다고 시간 낭비 한 거 생각하면…… 으이구."

엄마는 분해 죽으려고 했다. 하지만 난 내 인생의 모든 학원을 통틀어 연기 학원이 가장 좋았다.

"안 되겠어. 아무래도 너, 영어 과외 좀 해야겠어."

엄마는 급하게 방을 나가더니 휴대전화를 가지고 다시 들어왔다.

"선영이 엄마? 나 은비 엄마야. 왜 선영이 영어 가르쳐 주는 과외 선생님 있지? 소개 좀 시켜 줄 수 있어?"

엄마는 전화를 끊자마자 곧바로 다른 곳으로 전화를 했다. 하지만 상대 쪽에서 전화를 받지 않는 것 같았다.

"선영이 가르쳐 주는 사람이 서울대 영문과 박사 과정이라는데 그렇게 잘 가르친대. 외국어 영역 준비도 해야 하니까 이번 주부터 시작하자, 알았지? 엄마가 내일 중으로 연락해서 부탁할 거야."

엄마는 전쟁을 앞두고 작전 회의를 하는 사람 같았다.

"왜 대답이 없어?"

"과외 할 시간이 없잖아. 학교 끝나고 집에 오면 10시가 넘는데 언제 과외를 해?"

순간 머리가 번쩍했다.

"엄마, 그럼 나 모란반에서 나올까? 그러면 6시면 집에 올 수 있는데……."

안 그래도 모란반 때문에 골치가 아팠다. 공연은 다음 달인 11월 20일부터 시작하니까 아직 한 달 넘게 남았고, 연습은 주연 배우 스케줄 때문에 주말에 할 거라 당분간은 괜찮다. 하지만 공연이 시작되면 그때부터 문제다. 공연은 매일 저녁 7시에 있다. 공연을 하기 위해서는 모란반 보충과 자습을 두 달간 빠져야 한다. 하지만 모란반을 나오지 않는 이상 수업을 매일 빠지는 것은 불가능하다. 공연을 하려면 반드시 모란반을 나와야만 한다.

"얘가 큰일 날 소리 하네. 거길 왜 나와?"

"과외 할 시간이 마땅하지 않으니까."

"과외를 안 하면 안 했지 거길 나오면 안 돼. 거기에 있어야 공부를 열심히 할 수 있어. 너 모란반에서 잘리기만 해 봐. 그럼 진짜 엄마가 가만 안 둘 거야! 과외는 주말에 할 거니까 걱정 마."

엄마는 책상 위에 있는 탁상 달력을 들어, 과외 날짜와 시간을 따졌다.

"엄마, 난 모란반 별로야. 서로 무슨 문제집 푸나, 어떤 과외 하나, 잠은 몇 시간씩 자나 눈치 보고. 난 거기 너무 답답해."

"이 맹추야, 잘하는 애들끼리 모여 있어야 경쟁심도 생기고 공부도 더 열심히 하는 거야. 그리고 모란반에 있어야 대학도 잘 가지. 모란반 아니면 선생들이 너 신경 써 줄 것 같아?"

엄마가 달력을 책상 위에 '딱' 소리가 나도록 던졌다.

"하지만 모란반에서 나오면 공부 더 잘할 것 같아. 음……모란반에서 공부할 시간에 자기 계발을 하는 건 어떨까?"

“뭐?”

엄마가 어이없다는 표정으로 나를 쳐다보았다.

“엄마, 과연 학교 공부가 전부일까? 공부 말고 진짜 내가 잘 할 수 있는 게 따로 있을지도 모르잖아.”

“그게 뭔데?”

“연기 있잖아. 엄마가 잘 몰라서 그러는데, 나 진짜 재능 있다니까? 저기 말야.”

“너 엄마 죽는 꼴 보고 싶어서 그런 소리 하는 거야? 헛소리 하지 말고, 영어 단어나 외워!”

엄마는 내 말을 들어 보려고 하지도 않고, 책상 위에 영어 단어장을 펼쳐 놓고 나가 버렸다.

07

폭탄 배달부

"우리 꼭 와플 같지 않냐?"

소울이가 와플을 받아 들며 말했다. 토요일이라 수업이 일찍 끝난 우리는 혜지네 집에 가기 전 학교 앞 와플 가게에 들렀다.

"아줌마, 저는 딸기랑 바닐라 크림 다 발라 주시면 안 돼요?"

바닐라 크림이냐 딸기 크림이냐 하는 것은 자장면이냐 짬뽕이냐 하는 것만큼 어려운 문제다. 아줌마는 안 된다고 했지만, 계속해서 조르자 결국 두 개를 다 발라 주었다.

갓 나온 와플에 크림이 사르르 녹아 스며들었다.

혜지는 와플을 반 정도 먹고 나더니 더는 먹지 않고 들고만 있었다. 내가 혜지의 손을 쳐다보고 있으니 지형이가 혜지에게 눈치를 주었다. 그러자 혜지가 "내 거 먹을래?" 하며 물었다. 난 당연하다는 식으로 와플을 건네받으며 소울이에게 물었다.

"왜 우리가 와플 같다는 거야?"

"형체가 없었던 반죽이 결국 다 똑같은 모양으로 찍혀 나오잖아. 학교는 와플 기계고 우리는 와플이야."

"우아, 역시 소울이 너는 너무 똑똑한 것 같아."

혜지가 감탄했다. 혜지에게 있어 소울이는 무조건 똑똑한 애고, 지형이는 무조건 친절한 애다. 그러면 나는? 난 수학 잘하는 고은비다.

"참, 너 엄마한테 말했어?"

"아직."

"어떻게 하려고 그래? 그냥 엄마 몰래 모란반 나와 버리면 안 돼?"

"어림도 없어. 우리 엄마 모란반 소식 쫙 꿰고 있단 말이야. 나 요즘 그것 때문에 미치겠어. 입맛도 없다니까?"

"웃기시네. 그런 애가 점심 급식 쌀 한 톨 안 남기고 다 먹고, 와플도 혜지 것까지 먹어 치우냐?"

난 지형이의 말을 못 들은 척했다.

"오늘 집에 가서 꼭 말할 거야."

공연까지 시간이 딱 한 달 남았다. 집안 분위기가 이상하지만 않았어도 진작 말했을 거다. 요즘 엄마가 좀 이상하다. 집에 무슨 문제가 생겼는지 자주 집을 비웠고, 엊그제부터는 하루 종일 침대에 누워만 있다.

"근데 국어 선생님, 무슨 일 있는 것 같지 않아?"

"왜?"

"수업 시간에 계속 창문 쳐다보고 한숨 푹푹 내쉬잖아."

"맞아. 오늘도 그랬어."

오늘은 아예 수업 진도를 나가는 대신, 한 시간 내내 문제지를 풀며 자습을 시켰다. 문제지를 풀다 교탁 쪽을 쳐다보면, 국어 선생님은 멍하니 창문 쪽을 바라보고 있었다.

"한숨 자주 쉬면 우울증이라던데. 무슨 안 좋은 일 있으신가?"

"한숨이랑 우울증이랑 관련 있대?"

"응. 신문에서 봤어."

"그래?"

소울이의 밀을 들으니 현석이가 떠올랐다.

"릴라, 왜 그렇게 심각한 표정을 지어?"

"아니, 우리 윗집 사는 남자애가 볼 때마다 한숨을 쉬거든."

"우울한 일이 있나 보지 뭐."

"겨우 초등학교 4학년인데?"

"야, 어리다고 고민 없냐? 난 그 시절에 첫사랑 때문에 얼마
나 마음고생을 했는데. 비디오 가게 대학생 알바 오빠가 내 마
음을 어찌나 몰라주던지."

지형이는 옛일을 떠올리고 있는지 반쯤 넋이 나간 상태다.
소울이가 정신 차리라며 지형이의 손목을 비틀었다.

"개 왕따 당하는 거 아냐?"

"하여튼 일지매는 정말 문제라니까."

혜지가 혀를 차며 말했다.

"일지매가 아니라 이지메."

지형이가 혜지를 툭툭 치며 말하자 혜지가 "맞다, 맞다, 이지
메!"라며 손뼉을 쳤다.

"야, 근데 너네 삼촌 언제쯤 시나리오 탈고하신대?"

"릴라, 이젠 혜지네 삼촌 영화까지 노리는 거야? 연극에 출
연하게 되더니 기세가 아주 등등한데?"

지형이가 호들갑을 떨었다.

"그런 거 아니야. 우리 감독님이 궁금해하셔서."

연극 연습을 하러 가면, 감독님은 꼭 내게 혜지네 외삼촌의
안부를 물었다. 혜지네 외삼촌은 시나리오를 쓰는 동안에는 외
부와 연락을 모조리 끊고 가끔 집하고만 연락하기 때문이다.

"글쎄, 마무리가 잘 안 되나 봐."

"원래 글이라는 게 쉽게 씌어지는 게 아니야. 내가 또 그 마음을 잘 알지."

지형이가 고개를 설레설레 저으며 말했다. 지형이는 요즘 영화 시나리오 공모전에 낼 시나리오를 쓰고 있는 중이었다. 멜로 영화인데, 우습게도 주인공 이름이 백영민과 나지형이다.

"너네 감독님이 혜지네 외삼촌 좋아하나 보다."

가만히 듣고만 있던 소울이가 한마디 했다.

"설마."

"너네 감독님 아직 결혼 안 하셨다며? 자꾸 혜지네 외삼촌 소식 궁금해하고, 외삼촌 추천으로 널 캐스팅까지 하고……. 뭔가 수상한데?"

"야, 난 실력으로 캐스팅된 거야!"

하지만 생각해 보니 감독님이 혜지에게 지나친 관심을 보이긴 했다. 혜지가 정말 외삼촌이랑 친하냐는 둥, 연습실에 혜지를 좀 데리고 오라는 둥. 내가 이 말을 하니 짝사랑 전문가 지형이가 확실하다고 했다.

"대학 때 좋아했다는 이야기를 들은 것 같기는 한데."

"그래?"

"십여 년이 넘는 안타까운 짝사랑이군. 난 절대 그러면 안 되는데."

지형이는 그 말을 하면서 혜지를 쳐다보았다.

"걱정 마, 지형아. 내가 다음 주에 너랑 영민이랑 영화 보러 가게 해 줄게."

"정말?"

"삼촌 친구가 시사회 티켓을 보내 줬거든. 영민이는 나랑 보러 가는 줄 아는데, 네가 나 대신 가."

"역시 너밖에 없어."

지형이가 혜지를 껴안더니 뽀뽀하기 시작했고, 혜지는 제발 좀 살려 달라며 나와 소울이를 쳐다보았다.

혜지와 공부를 하고 있는데 고은철에게 전화가 왔다. 고은철은 서울에 왔다며 대뜸 지금 좀 만나자고 했다. 우리가 바깥에서 만날 만큼 친한 사이는 아니지 않냐며 집에서 만나자고 했지만, 고은철은 일방적으로 시간과 장소를 말하고는 전화를 뚝 끊었다.

"오늘은 여기까지만 하자. 오늘 공부한 거 꼭 다시 풀어 봐."

"응."

책을 정리하고 있는데 혜지의 한숨 소리가 들렸다.

"왜 그래? 너도 우울증이야?"

"나 정말 머리가 나쁜가 봐. 아무리 풀어도 모르겠어."

“원래 수학이 그래.”

“수학뿐만이 아니야. 국어도 이해가 안 되고, 특히 영어는……. 우리나라 말만 잘하면 되지 왜 영어까지 잘해야 하는 걸까? 나도 너처럼 공부를 잘하고 싶어.”

그건 내가 할 소리다. 혜지처럼 예쁘면 소원이 없겠다. 내가 혜지에게 머리를 조금 나눠 주고 미모를 얻어 오면 어떨까? 하지만 삶은 협상이 쉽지 않다.

“아니, 네 수준까지 잘하는 건 바라지도 않아. 그냥 엄마 아빠 창피하지 않을 정도로만 했으면 좋겠어. 우리 엄마 아빠는 나랑 영민이가 공부를 못해서 모임에 나가기가 싫대.”

“우리 엄마도 마찬가지야. 매일 엄마 친구 아들, 딸이랑 비교해.”

“정말? 너처럼 공부를 잘하는데도?”

“나보다 공부 잘하는 애들이 얼마나 많은데.”

엄마 친구 자녀들의 성적이 1점, 1등 오를 때마다 엄마 잔소리의 강도는 한 단계씩 높아졌다. ‘누구 딸은 이번에 어느 대학을 갔다는데, 누구 아들은 전교에서 1등을 했다는데…….’ 난 얼굴도 본 적 없는 그들과 늘 경쟁해야만 한다.

세상에서 가장 기분 나쁜 일은 비교 당하는 거다. 엄마도 내 마음을 좀 알아줬으면 해서 다른 친구 엄마들과 비교했더니,

엄마는 "자식 헛 키웠네, 이런 불효자식을 봤나." 하면서 길길이 날뛰며 화를 냈다. 엄마가 날 남들과 비교하는 건 당연한 일이고, 내가 엄마를 남들과 비교하는 건 자녀 자격 박탈 사유다.

"그래도 넌 4년제 대학에는 갈 수 있을 거 아니야. 우리 엄마의 꿈은 나랑 영민이가 그런 대학에 가는 거야. 그래서 영민이가 체육 실기반을 준비하는 거야. 체육을 하면 수능 점수가 별로 중요하지 않다고 해서."

혜지의 얼굴에 먹구름이 가득했다. 왜 부모들은 자기 꿈을 꾸지 않고 자녀 꿈을 대신 꿔 주려고 하는 건지 답답할 뿐이다. 우리 엄마의 꿈은 의사 자식 보는 거고, 지형이네 엄마 꿈은 선생님 딸 두는 거고, 혜지네 엄마는 자식이 4년제 대학 가는 거다. 나도 나중에 부모가 되면 그렇게 될까? 내 꿈 대신 자식 꿈을 꿀까?

"우리 아빠 엄마 요즘 유학원에 나 유학 보낼 곳 알아보고 다니셔."

"벌써?"

"나는 여기서 가망이 없다고 보시나 봐. 나도 사실 반에서 30등 안에 들 자신이 없어. 하지만 나 정말 미국 가기 싫어. 너무너무 무서워. 난 외국인들하고 눈만 마주쳐도 움찔한단 말이야."

"괜찮아. 어떻게든 방법이 있을 거야. 미리 걱정하지 말자."

혜지의 두 손을 잡고 강한 어조로 말했다. 이러면 혜지는 금방 넘어왔다.

"넌 할 수 있어! 분명 잘될 거야!"

"정말 그럴까?"

혜지의 표정이 금세 밝아졌다.

"근데 은비야, 피자 먹고 가면 안 돼? 엄마가 과외 끝나고 너희들이랑 피자 시켜 먹으라고 했거든. 너 피자 좋아하잖아."

"오늘은 안 될 것 같아."

고은철과 약속한 시간이 다 되었다. 머릿속에 떠오르는 피자를 애써 지우고 책과 노트를 챙겼다.

거실에 나가 보니 소울이는 소파에 앉아 영화를 보고 있었고, 지형이는 영민이를 기다리는 중이었다. 매일 같은 장면이다.

혜지네 집을 나와 엘리베이터에서 내리자 고은철에게 전화가 왔다. 약속한 시간이 지났는데 왜 아직 안 오냐고 화를 냈다. 십 분만 기다려 달라고 말하고 전화를 끊었다. 고은철은 항상 제멋대로다. 내 사정은 물어보지도 않고 약속 시간을 정하더니, 겨우 약속 시간 십 분 늦었다고 전화를 걸어 빨리 오라고 다그쳤다.

"어이, 고질라, 오랜만이다."

고은철이 나를 보고 씩 웃었다. 나도 반갑게 고은철에게 인사하려고 했지만, '고질라' 운운에 인상을 팍 썼다. 고은철은 정말 저질이다. 하나뿐인 여동생에게 고질라라고 부르다니.

"넌 두 달 만에 만나는 오빠가 반갑지도 않냐?"

"두 달? 벌써 그렇게 됐어?"

여름방학이 끝난 이후에 고은철을 보지 못했다. 고은철은 학교 공부가 바쁘다며 개학 이후에 한 번도 집에 오지 않았다.

의대 공부가 힘든지 고은철은 살이 더 빠진 것 같았다. 의대에 가서 살이 빠질 수 있다는 보장만 있으면 그것도 생각해 볼 것이다. 하지만 고은철은 뚱뚱한 외가의 유전자 대신 날씬한 친가의 유전자를 받고 태어났고, 게다가 워낙 먹는 걸 좋아하지 않아 원래부터 말랐다.

"참, 너 엄마한테 혹시 나 만난다고 말했어?"

"아니. 근데 왜 밖에서 만나자는 거야? 이따 집에서 보면 되지."

"너 스파게티 좋아하잖아."

고은철이 웬일인가 싶었다. 하지만 고은철은 하지 않아도 될 말을 꼭 덧붙였다.

"하긴 네가 안 좋아하는 음식은 없지."

난 크림 스파게티를, 고은철은 매운 해산물 리조또를 시켰다. 고은철은 튀김이나 크림 같은 느끼한 것을 잘 먹지 않았다. 그래서 우리 집은 외식할 때, 고은철이 곧 죽어도 한식을 먹어야 하기 때문에 꼭 갈비나 한정식 같은 것을 먹었다.

그런데 고은철이 웬일로 이런 곳에서 만나자고 했을까? 난 의심스러운 눈으로 고은철을 쳐다보다가 종업원이 가져다준 마늘빵으로 시선을 옮겼다.

마늘빵은 갓 구워졌는지 따뜻했다. 손으로 뜯어 한입 먹어 보니 버터도 적당히 발라져 있고, 달콤하면서 짭조름한 게 맛도 좋았다.

"저기, 이거 리필 돼요?"

난 지나가는 종업원을 불러 세웠다.

"네, 손님."

이따가 크림 스파게티가 나오면 마늘빵을 새로 달라고 해서 그 소스에 찍어 먹어야겠다. 크림소스에 묻은 마늘빵은 환상이다. 그래서 빵을 리필해 주지 않는 스파게티 가게에 가면 너무 속상했다.

"그거, 안 먹을 거야?"

남은 크림소스에 빵을 찍어 먹은 내 접시는 설거지를 끝낸 것으로 착각할 정도로 깨끗했지만, 고은철은 리조또를 반이나 남겼다.

"느끼해서 못 먹겠어. 먹을래?"

고은철이 조금 오빠답게 보였다. 세상에서 내가 제일 좋아하는 말은 "너 먹을래?"와 "많이 먹어."다.

고은철 앞에 있는 접시를 들어 내 앞으로 가져왔다.

"그런데 넌 마늘빵을 다섯 번이나 리필해 먹고도 그게 먹히냐?"

"언젠 먹으라며?"

"진짜 먹을 줄은 몰랐지."

고은철이 오빠답다고 생각한 건 취소다.

묵묵히 남은 리조또를 먹었다. 오랜만에 만난 오빠를, 그것도 사람들이 많이 보는 앞에서 때릴 수는 없다.

"참, 엄마는 어떠셔?"

"몰라. 집안 분위기 되게 이상해. 엄마 계속 집에 누워만 있어."

"그러냐? 그것 참."

고은철의 표정이 심상치 않다. 턱에 손을 괴고 한숨을 내쉬기도 했다.

"엄마가 뭔가 알고 있는 거야? 설마, 오빠 사고 쳤어?"

"무슨 사고?"

"뭐 같은 학교 여학생을 임신시켰다든가, 아니면 사채?"

고은철은 아무 대답도 하지 않았다.

"진짜야?"

"나, 학교 그만뒀어."

"뭐?"

입에 있던 리조또 밥풀이 고은철 얼굴에 튀었다.

"고질라, 더럽게 뭐하는 거야?"

고은철이 화를 내며 휴지로 얼굴 구석구석을 닦았다.

"미쳤어?"

"지난 학기에 제적 받고 자퇴했어. 아무래도 나랑은 맞지 않더라."

고은철은 남 이야기 하듯 아주 태연하게 말했다.

"엄마도 알아?"

"등록금 서류 때문에 학과에 전화했다가 아셨나 봐."

"엄마가 뭐래?"

"몰라. 전화 안 받았어."

"어떻게 그럴 수가 있어? 엄마가 오빠한테 얼마나 기대가 큰데?"

내가 소리를 지르자 다른 테이블 손님들이 우리 쪽을 쳐다보았다.

“안 맞는 걸 어쩌냐?”

고은철도 지지 않고 내게 더 큰 목소리로 화를 냈다.

이 년 전 겨울이었다. 중학교 겨울방학이 시작되던 날이라 날짜까지 기억하고 있다. 고은철네 담임 선생님이 집에 전화를 걸어, 고은철이 신문방송학과 원서를 쓰고 싶어 한다고 알려 왔다. 그날 고은철은 아빠에게 죽지 않을 정도로 얻어맞았고, 엄마는 죽는다고 고래고래 소리를 쳤다. 난 약간 고소했다. 그렇게 ‘의대 갈 아들, 아들’ 하더니만 쌤통이었다.

하지만 고은철은 입학해서 일 년만 다녀 보라는 회유와 반 협박에 못 이겨 결국 신문 기자의 꿈을 접고 부산에 있는 의대에 입학했다.

“나 다음 주에 군대 가.”

“뭐?”

아까 얻어맞은 머리가 낫기도 전에 망치로 내 머리를 또 때렸다. 군대를 가지 않고 있으면, 엄마가 자꾸 학교에 재입학하라고 할 게 뻔하다는 것이다.

“그냥 다니면 안 돼?”

최대한 불쌍한 여동생의 표정을 지어 보였지만 고은철에게는 통하지 않았다.

“피만 보면 토하겠고, 아픈 사람만 보면 짜증 나는데 어떻게 의사가 될 수 있겠어?"

"배부른 소리 하지 마. 의대 가고 싶어도 못 가는 사람이 얼마나 많은데 그런 소리를 해?"

"적성에 안 맞는 걸 어떻게 해?"

"적성 같은 소리 집어치워. 그런 게 어디 있어? 안 맞으면 맞추면 되는 거잖아."

"그럼 네가 의대 가서 엄마 소원 풀어 주면 되잖아."

"난 오빠만큼 공부를 잘하지 못한다고."

"그럼 열심히 해서 가면 되잖아."

딱히 할 말이 없었다.

"왜 하필 지금이야? 한 학기만 더 다니지!"

머릿속이 복잡했다. 이 상황에 나까지 배우가 되겠다고 나선다면……. 아, 모르겠다.

"왜?"

"몰라. 오빠 정말 내 인생에 도움이 하나도 안 돼!"

들고 있던 숟가락을 고은철에게 던지고 음식점을 뛰쳐나왔다. 고은철에게 몇 번이나 전화가 왔지만 받지 않았다.

엄마와 마주치지 않기 위해 몰래 열쇠로 문을 따고 들어왔다.

"고은비, 오늘 누구 만났어?"

엄마가 거실 소파에 떡하니 앉아 있었다. 아침까지만 해도 몸이 좋지 않다며 침대에 누워만 있던 엄마였다.

"누, 누굴 만나긴? 독서실에서 공부하고 왔지."

엄마와 시선을 마주치지 않고 대답했다.

"너 거짓말할래?"

"뭘?"

"고은철 어딨어?"

"내가 어떻게 알아? 학교에 있겠지 뭐."

엄마는 내 주머니에 손을 넣어 휴대전화를 채 갔다. 그리고 통화 목록을 확인하고는 몸을 부들부들 떨었다.

"엄마한테 거짓말을 해!"

엄마가 주먹으로 내 머리를 세게 내려쳤다.

"고은철 어디 있을 거래?"

"그건 진짜 몰라. 나한테 말 안 했어."

"그럼 그 자식이 너한테 뭐래? 무슨 말 했어?"

엄마가 씩씩대며 물었지만 난 침묵으로 대응했다. 고은철이 군대 간다는 사실까지 알게 된다면 엄마는 더 화를 낼 것이다.

"빨리 말 안 해? 그 자식이 널 만났을 때는 분명 뭔가 전할 얘기가 있어서 만났을 거 아니야?"

야비한 고은철 같으니, 날 통신병으로 이용해? 방금 전까지 고은철이 날 만난 이유가 가족 걱정 때문일 거라고 생각했다. 그래서 군대 가는 오빠에게 따뜻한 말 한마디 못한 게 계속 마음에 걸렸다.

"빨리 전해! 그 녀석이 뭐라고 했어?"

"구, 군대…… 간다던데?"

"뭐?"

엄마는 "어우, 어우!" 하고 두 번 외치고는 가슴이 답답한지 손으로 가슴을 탁탁 쳤다.

"그러니까 가기 싫다는 걸 왜 억지로 보내서 그래? 오빠 절대로 재입학 같은 거 안 할 거래."

"고은비 잘 들어. 앞으로 고은철은 우리 집 식구 아니야. 난 그런 못돼 처먹은 자식 둔 적 없어! 그러니까 너한테도 오빠가 아니라고. 고은철한테 연락 오면 똑똑히 전해! 알겠어?"

알았다고 대답하려는 순간, 엄마가 바닥에 쓰러졌다.

"엄마, 엄마, 왜 그래?"

아무리 흔들어도 임마는 깨어나지 않았다. 그리고 몸에 경련이 오는지, 심하게 떨었다. 난 얼른 안방에 대고 외쳤다.

"아빠, 엄마가 쓰러졌어!"

엄마가 병원에 입원했다. 의사는 엄마가 혈압이 높아 쓰러졌고, 당분간 안정을 취해야 한다고 했다.

고은철에게 전화를 걸었지만 전화기는 꺼져 있었다. 나쁜 고은철. 집 걱정은 안 되나? 엄마가 자기한테 어떻게 했는데. 과외 비용을 대기 위해 마트에서 계산원 일도 했고, 고은철을 비밀 그룹 과외에 집어넣기 위해 다른 학부모들과 함께 취미에도 없는 미술관, 백화점 문화 센터까지 다녔다.

"엄마 어떡해?"

"며칠 지나면 괜찮아지겠지 뭐."

아빠도 얼굴색이 말이 아니었다.

"오빠 말야. 군대 갈 거래."

아빠는 이미 알고 있었는지, 아니면 예상했는지 별 다른 반응을 보이지 않았다.

"너라도 똑바로 해. 안 그러면 진짜 엄마 큰일 나. 알지?"

아무 대답도 하지 못했다. 내가 똑바로 하는 건 아마도 그거겠지.

아침에 엄마 병원에 들르려고 했지만 엄마가 절대 0교시 보충을 빠지면 안 된다고 했다.

"너희 엄마 괜찮으셔?"

보충이 끝나자마자 아이들이 내 자리로 몰려왔다.

"엄마한테 연극 얘기는 했어?"

"아니. 지금 우리 집 분위기 장난 아니야. 나 모란반 나오겠다고 하면 우리 엄마 죽을지도 몰라."

엄마에게 모란반은 명문대로 가는 티켓이나 마찬가지다.

"하여간 모란반이 문제라니까."

소울이가 입을 비쭉거렸다. 소울이는 아직까지 모란반이 차별이라며 강하게 불만을 제기하고 있었다. 하지만 지금은 소울보다 내가 더 모란반에 불만이 많다. 어제는 모란반에 불 지르는 꿈까지 꾸었다.

"모란반에서 잠깐 나오면 안 돼? 그리고 2학년 올라가서 다시 들어가면 되잖아."

"그건 안 돼. 성적이 떨어져서 모란반에서 잘린 사람들은 다시 들어갈 수 있어도, 제 발로 걸어 나온 사람은 아무리 성적이 좋아도 다시 못 들어가."

"왜?"

"모란반 기강을 해친다고."

"재수 없다, 진짜. 뭐 그런 게 다 있냐?"

소울이가 침을 튀기며 모란반을 비난했다. 예진 같으면 듣기 거북했겠지만, 지금은 소울이의 말에 백번 동감했다.

"그러면 성적 떨어져서 잘리면 되잖아?"

“모란반은 한 학기에 한 번 개편해. 이번 학기가 끝나기 전까지는 곧 죽어도 나올 수가 없어.”

돌덩어리가 가슴을 누르고 있는 것 같았다. 살이 찌기 시작한 이후로 한 번도 연기 활동을 한 적이 없었다. 오디션에서는 뚱뚱하다는 이유로 떨어졌고, 나중에는 경력이 적다는 게 문제가 되었다. 이제야 기회를 잡았는데 고작 모란반 보충 때문에 놓쳐 버리게 되다니. 연기를 지망하는 다른 애들은 정규 수업도 잘만 빠진다던데 난 이게 뭐람…….

지형이와 혜지가 걱정하지 말라며 위로했지만 조금도 기분이 나아지지 않았다.

“고뚱땡, 방법이 있긴 해.”

소울이가 내 어깨를 움켜잡으며 말했다.

“그게 뭔데?”

난 힘없이 소울이를 쳐다보았다.

“없애 버리는 거야!”

“뭘?”

“모란반을”

“뭘 없앤다고?”

잘못 들었나 싶어 다시 한 번 소울이에게 물었다.

“모란반을 없애 버리면 돼.”

땅꼬마 소울이는 영화 속 악당들이 짓는 야비한 미소를 짓고 있었다.

08

발칙한 계획들

버스에서 내려 한참을 걸었지만 골목은 끝이 없고, 사람은커녕 개미 한 마리도 보이지 않았다.

"무서워."

혜지가 내 팔을 꽉 잡았다. 대낮임에도 불구하고 길을 걷는 게 무서웠다. 처음 온 곳이기도 했지만, 분위기가 왠지 으스스하다.

소울이가 멈춰 서더니, 지형이의 손에 들린 약도를 낚아챘다.

"뭐야? 여기 아까 왔던 길이잖아?"

그러고 보니 파란색 대문은 아까 봤던 집이다.

"버스 정류장에서 100미터 직진한 다음, 첫 번째 골목에서 오른쪽으로 꺾고, 혜미 슈퍼가 보이면 다시 오른쪽으로 꺾은 후 다섯 번째 집이잖아."

우리는 다시 버스 정류장으로 돌아갔다. 그런 다음 소울이가 안내하는 대로 따라가니 금방 그곳이 나왔다. 십 분이면 찾을 곳을 한 시간 넘게 빙빙 돌며 헤맸다.

"우리 엄마가 약도를 이상하게 그려서 헷갈린 거라고."

지형이가 계속 엄마 탓을 했지만, 우리는 누구 하나 지형이의 말에 귀 기울이지 않았다.

그런데 여기가 맞나? 이곳은 일반 가정집과 다를 게 하나도 없다. 대문 옆에 '선녀 보살' 이라고 적힌 간판이 없었다면 그냥 지나쳤을 거다.

지형이가 대문을 두드렸고, 잠시 후 오십 대 초반 정도로 보이는 뚱뚱한 아줌마가 나왔다.

"어디서 오셨어요?"

"저기 신수동 박 여사 소개로 왔는데요."

"들어오세요."

아줌마를 따라 집 안으로 들어갔다. 집은 오래된 한옥집으로 두 채가 'ㄱ'자 모양으로 나란히 붙어 있고, 마당에는 네모난 평상이 있었다. 마당 평상 밑에 잠자고 있는 큰 강아지 두 마리가 눈에 들어왔다.

지형이는 제 엄마에게 있지도 않은 나의 언니가 취업 때문에 고민한다며 선녀 보살을 소개시켜 달라고 했다. 여기에서 난 고은비가 아니라 고은비네 언니다.

"여기 앉아 기다리세요. 선생님이 지금 상담 중이세요. 그런데 혹시 학생이에요? 너무 어려 보이는데?"

아줌마가 우리를 이리저리 살펴보았다. 대학생인 것처럼 보이려고 진하게 화장까지 했지만 아무래도 나의 탱탱한 피부와 천진난만한 얼굴은 어쩔 수 없나 보다.

"이 학생은 아가씨 조카인가 봐?"

아줌마가 소울이를 가리키며 내게 물었다. 난 구겨지는 인상을 간신히 편 후 그렇다고 고개를 끄덕였다.

아줌마가 자리를 뜨자마자, 지형이가 내 옆구리를 쿡쿡 찔러대며 배를 잡고 웃었다.

"우아, 조카래, 조카. 하긴 네가 좀 나이 들어 보이긴 하지."

내가 조용히 좀 하라고 했지만 소용없었다.

"야, 근데 선녀 보살한테도 우리가 대학생이라고 거짓말할 거야?"

"소용없어. 선녀 보살은 금방 알아차릴걸? 얼마나 용한데? 우리 아빠가 엄마 몰래 주식 한 것도 다 알아냈잖아. 어쨌든 릴라, 넌 선녀 보살만 믿어 봐."

지형이네 집에서 선녀 보살의 위상은 대단하다. 선녀 보살이 써 준 부적으로 지형이의 큰 이모부의 바람기를 막았고, 4년제 대학 입학이 힘들 거라고 했던 지형이의 언니는 대학에 덜컥 붙었다.

"말도 안 돼. 부적을 쓴다고 안 될 일이 될 리가 있어? 부적을 안 썼어도 너네 언니는 대학에 붙었을 거고, 너희 큰 이모부는 바람피우는 걸 멈췄을 거야. 너희가 하도 우겨서 여기까지 따라오긴 했지만, 이건 정말 말도 안 되는 일이야."

"야, 이소울. 너 때문에 부정 타겠어. 제발 좀 조용히 해."

"굳이 여기까지 와야 해? 난 정말 너희들을 이해할 수 없어."

소울이가 계속 투덜댔다. 버스를 타고 오는 동안에도 내내 말도 안 되는 계획이라며 시비를 걸었다.

가방을 열어 지갑이 잘 있나 확인했다. 지갑에는 단식원을 다니기 위해 모은 저금이 들어 있었다.

기다린 지 이십 분이 지나서야 우리 차례가 되었다. 아줌마는 학생은 들어갈 수 없다며, 소울이에게 바깥에서 기다리라고 했다.

"어차피 난 들어가고 싶지 않았다고!"

소울이가 잔뜩 인상을 쓰며 말했다.

나머지 우리 셋은 아줌마의 안내를 받아 선녀 보살이 있다는 안채로 들어갔다. 우린 조심스럽게 방문을 열었다.

벽에 화려한 그림이 여기저기 붙어 있었지만 상상한 것에 비하면 방은 썰렁했다. 드라마에서 보면 이상한 불상과 촛불이 가득하던데 방 안에는 선녀 보살이 앉은 책상 말고는 가구는커녕 물건이 하나도 없었다. 당장 이사라도 갈 것처럼 휑했다. 더구나 선녀 보살의 옷차림 또한 의외였다. 머리를 곱게 빗어 말총머리로 묶었고, 얼굴에는 화장기가 하나도 없었다. 옷도 화려한 한복을 입었을 줄 알았는데 니트에 치마 차림이었다.

"어서 오세요."

선녀 보살이 고개를 빳빳이 든 채 인사했다. 나이가 꽤 많을 줄 알았는데 서른 살이 채 되지 않은 것 같기도 하고, 또 어떻게 보면 마흔 살이 훌쩍 넘은 것도 같아 도저히 나이를 가늠할 수 없었다.

우린 우물쭈물 인사하고는 그대로 서 있었다.

"앉으시지 않고 뭐 하십니까?"

우리는 선녀 보살 앞에 쪼르르 앉았다.

"취업 문제 때문에 왔구만!"

풋 하고 웃으며 선녀 보살이 단호하게 말했다.

우리가 아무 말도 하지 않자, 다시 선녀 보살이 말했다.

“아니지, 아니지. 애정 문제네. 남자 친구가 얼마나 속을 썩였기에 얼굴이 이렇게 상했노?”

선녀 보살이 나를 쳐다보며 물었다. 난 아무 대답도 하지 않고 지형이를 쳐다보았다. 지형이의 얼굴에도 당황한 표정이 역력했다. 선녀 보살이라고 모든 것을 다 알 수는 없는 법이다. 더 이상 시간을 지체할 수 없어 솔직하게 말하기로 했다.

“선녀 보살님이 써 주는 부적이 효과가 좋다는 이야기를 듣고 왔어요.”

선녀 보살이 고개를 끄덕이며 흐뭇하게 웃었다. 역시 인간은 칭찬에 약한 법이다.

“사실…… 저희는 고등학생이에요.”

“뭐?”

선녀 보살의 얼굴에 미소가 사라졌다.

“미성년자가 여길 왜 와? 얼른 나가!”

화가 잔뜩 난 선녀 보살이 주먹으로 탁자를 쾅 하고 내리쳤다. 그러고는 바깥에 있는 아줌마를 불렀다.

“미성년자는 뭐 바라는 게 없어요? 고민이 없어요? 저희 부탁 하나만 들어주세요.”

난 탁자 위 선녀 보살의 손을 움켜잡았다.

“우리 학교에 아주 이상한 게 있어요. 심화반 아시죠? 공부 잘하는 애들만 따로 모아 놓고 보충 수업 시키고 그러는 거요. 그걸 없애고 싶어요! 부적 하나만 써 주세요!"

"보살님의 부적이면 가능할 거예요! 심화반 좀 없어지게 제발 부적 좀 써 주세요!"

지형이와 혜지도 보살의 팔을 잡고 늘어졌다. 난 이때를 놓치지 않고 내 사정을 말했다.

선녀 보살의 표정이 조금씩 누그러지는 게 보였다.

"그 빌어먹을 건 아직도 변하지 않았어."

내 이야기를 다 듣고 난 선녀 보살이 혼잣말을 했다.

"제발 심화반 좀 없어지게 도와주세요! 아니면 저 정말 무슨 일을 저지를지 몰라요!"

한참을 고민하던 선녀 보살이 부적을 써 주겠다고 했다.

"그걸 학교의 기운이 가장 넘치는 곳에 붙여. 기운을 눌러 줄 거야."

선녀 보살은 부적을 쓰는 동안 밖에 나가서 기다리라고 했다.

단단히 화가 나 있을 줄 알았던 소울이는 강아지와 신나게 놀고 있었다. 소울이를 따라 강아지와 놀고 있는데 아줌마가 우리를 부르더니 선녀 보살의 부적을 건네주었다.

"저기, 얼마 드리면 돼요?"

"선생님께서 돈을 받지 않겠다고 하시네."

“예?”

“값은 성공으로 치르라고 하셨어. 도대체 뭔 말인지는 모르겠지만 말이야.”

아줌마는 요즘 선녀 보살이 이상하다며 혼자 중얼거렸다. 선녀 보살에게 감사 인사를 하고 싶었지만, 이미 다른 손님과 이야기 중이라고 했다.

“정말 정말 감사합니다! 꼭 성공할게요!”

난 방 안의 선녀 보살이 들을 수 있도록 큰 소리로 외쳤다.

주머니에 손을 넣었다. 조그만 리모컨이 만져졌다. 심장이 지나치게 쿵쾅거려 혹시 옆에 있는 선영이에게 들리지 않을까 조마조마했다.

두 눈을 감으면서 꾸욱 리모컨 버튼을 눌렀다.

“꺼억, 꺼억……”

수업을 듣던 아이들이 주위를 힐끔거렸다. 영어 선생님은 아이들이 자주 틀린다는 문법 문제를 설명하고 있었다.

“야, 들려?”

옆에 앉은 선영이가 내 팔을 툭 쳤다.

“뭐가?”

“또 들리잖아.”

아이들이 웅성거리기 시작했다.

"왜들 그래?"

교단 앞에 서 있던 영어 선생님이 모란반 아이들의 행동을 이상하게 여겼다.

"선생님, 뒤에서 이상한 소리가 들려요."

아이들이 소리를 질렀다. 교실 뒤쪽에서 여자의 신음 소리가 들렸다. 아주 가는 목소리였다. 얼핏 들으면 울고 있는 것 같고, 또 어떻게 들으면 목이 막혀 신음을 하는 듯했다. 맨 앞에 있는 선생님에게는 잘 들리지 않을 소리였다.

"소리는 무슨 소리가 들린다고 그래? 너희 공부하기 싫어서 그러는 거지?"

"아니에요. 귀신 소리가 들려요."

4분단 맨 끝에 앉아 있는 지애가 소리쳤다. 지애 자리에서 가장 잘 들렸다.

영어 선생님은 칠판에 영어 문장을 적기 시작했다.

"선생님, 무서워요."

"이상한 소리가 들려요!"

"선생님……."

아이들이 선생님을 계속 불렀다. 선생님은 귀찮다는 듯 분필을 교탁에 내려놓았다.

"도대체 무슨 소리가 난다는 거야?"

선생님이 교실 뒤쪽으로 걸어오기 시작했고, 난 주머니에 손을 넣어 정지 버튼을 눌렀다.

"소리는 무슨 소리가 난다고 그래? 공부하기 싫어 별소리를 다 하는구나. 한 번만 더 이상한 소리 하면 가만 안 둔다!"

영어 선생님은 화를 내며 교탁으로 돌아갔다. 이번에는 제대로 정지 신호가 전해졌다. 아까 국사 시간에는 버튼을 열 번쯤 눌렀을 때야 겨우 소리가 멈췄다.

영어 보충이 끝나자마자 앞자리에 앉은 지윤과 진아가 책가방을 챙겼다.

"어디 가?"

"그냥, 몸이 좀 안 좋아서."

둘은 이상해 씨에게 허락을 받는다며 교무실로 갔다.

"아무래도 재네 무서워서 가려나 봐. 은비야, 너도 그 소리 들었지?"

"그럼. 완전 오싹하더라. 아휴, 무서워."

"난 세상에서 귀신이 제일 싫단 말이야."

선영이가 몸을 부르르 떨었다.

"아무래도 그 소문이 맞는 것 같아."

"소문?"

난 모른 척하며 선영이에게 물었다.

"십 년 전인가? 모란반에서 매번 1등만 하던 언니가 있었대."

선영이가 이야기를 시작하자, 다른 자리에 앉아 있던 아이들도 모여들기 시작했다.

"무슨 얘기야? 처음부터 다시 해 줘."

은주가 선영이를 졸랐고, 은주의 큰 목소리를 들은 나머지 아이들까지 선영이의 주위에 뱅 둘러앉았다.

"우리 사촌 언니도 모란여고 나왔거든. 사촌 언니가 이야기해 줬는데 말이야. 십 년 전에 모란반에서 자살한 여학생이 있대."

"이 교실에서?"

"응. 몰래 모란반 교실 문을 따고 들어와서 밤에 자살했다는 거야."

"정말?"

"무서워!"

"왜?"

아이들의 시선이 선영이의 입에 고정되었다.

"그게 말이지."

선영이가 뜸을 들이고 있는데, 갑자기 문 쪽에서 소리가 났다.

"드르륵."

교무실에 갔던 지윤과 진아였다.

“뭐야!”

“놀랐잖아!”

둘은 아이들이 귀신 이야기를 하고 있다는 것을 알고, 서둘러 가방을 챙겨 교실에서 나갔다.

“왜 죽었다는데?”

아이들이 다시 선영이의 이야기에 집중했다.

“1등을 놓치지 않던 언니인데 1등 자리를 빼앗긴 거야. 그 충격에 자살했다고 하던데?”

“정말?”

“어떻게 자살했대?”

“그건 선생님들이 잘 이야기해 주지 않아서 사촌 언니도 정확하게 모른대. 아마 목을 매달아 죽었을 거래. 밤에 수위 아저씨가 모란반에서 꺼억, 꺼억 하는 신음 소리를 들었대. 그게 바로 목 매달아 죽기 전에 여학생이 냈던 소리지. 그런데 방금 전에 모란반 교실에서 들렸던 소리가 그 소리랑 비슷하지 않아?”

아이들은 말도 안 된다며 고개를 저었다. 하지만 아이들의 얼굴에 핏기가 싹 사라져 있었다.

그때 이상해 씨가 문을 열고 들어왔다. 그러고는 쉬는 시간이 끝났으니 얼른 제자리에 앉아 자율 학습을 하라고 소리쳤다.

“너네 공부하기 싫어서 보충 시간에 이상한 소리 난다고 했다며? 너희들 때문에 2, 3학년 애들까지 집에 가겠다고 난리야. 괜히 헛소문 내서 분위기 흐리지 말고 공부 열심히 해라. 나중에 후회해!"

이상해 씨가 교탁 옆 의자에 앉았다. 평소 모란반 자습 시간에 감독 선생님은 없다. 하지만 시험이 끝난 직후라든가, 방학을 앞두고 아이들이 해이해져 있을 때는 이상해 씨가 감독을 했다. 이상해 씨는 귀신에게 어디 한번 나타나 보라는 듯 두 눈을 부릅뜨고 교실 여기저기를 훑어보았다. 아무래도 오늘 자습 시간에는 리모컨을 누르지 말아야겠다.

집에 들어서는데 고소한 냄새가 코를 찔렀다. 아싸, 돈가스다! 며칠간 투덜거린 효과가 있다.

"네가 하도 공부할 때 배고프다고 해서 한 거야. 이거 먹고 열심히 공부해. 졸지 말고. 알았어?"

"당연하지. 난 먹어야 공부가 잘돼."

갓 튀겨진 돈가스를 소스에 찍어 한입 베어 물었다. 튀김옷이 바삭하고 고기가 두툼한 게 환상이었다.

"오늘 국어 수행 평가 잘 봤어?"

"뭐 그럭저럭."

"그럭저럭이 뭐야? 잘 봤어야지!"

엄마가 버럭 소리를 질렀다. 난 돈가스 접시를 뺏길까 봐 다시 무척 잘 봤다고 둘러댔다.

"저기 엄마, 이제 좀 괜찮아?"

"뭐가?"

"오빠 말이야."

엄마의 눈치를 살피면서 물었다.

"그 소린 꺼내지도 마!"

엄마는 의자에서 벌떡 일어나더니, 내가 먹고 있는 접시만 남긴 채 식탁 위의 다른 그릇들을 모조리 싱크대로 가져갔다. 그리고 화풀이라도 하듯 수세미로 접시를 박박 문질러 댔다.

며칠 전 집으로 소포가 왔다. 훈련소에 입소한 오빠가 자신이 입고 간 옷과 소지품, 그리고 짧은 편지를 보냈는데, 그걸 본 엄마는 화를 내며 앓아누웠다. 이젠 자식도 아니라며 어떻게 살든 상관없다고 큰소리쳤다. 하지만 엄마는 곧 오빠 옷을 잡고 소리 내어 엉엉 울었다. 군대 간 오빠가 안쓰러워 그런 건지 학교를 그만둔 배신감 때문에 그런 건지는 모르겠지만, 자식 취급 안 할 거라는 건 거짓말이 확실하다. 진짜 '남'이라면 절대 그렇게 울지 않을 테니까.

"근데 엄마, 오늘 모란반에서 귀신 소리 났다."

"그런데?"

엄마는 별 관심을 보이지 않고 설거지만 했다.

"그래서 두 명이나 자습 안 하고 집에 갔어. 모란반 애들 엄청 무서워해."

"그래?"

"응. 장난 아니야. 애들이 무섭다고 벌벌 떨어. 모란반 보충 빠지겠다는 애들이 다섯 명도 넘어."

사실 다섯 명은 거짓말이다. 지애가 지나가는 말로 "나도 내일부터 오지 말까?"라고 했을 뿐이다.

"어쨌든 넌 귀신 같은 거 무서워하지 않잖아."

"내가 왜 안 무서워해? 나도 무서워 죽을 뻔했어."

"무슨 소리야? 너 놀이동산 가면 귀신의 집만 서너 번 들어가고, 공포 영화는 시시하다고 보지도 않잖아."

나는 조용히 돈가스를 먹었다. 사실 난 귀신이 별로 무섭지 않다. 세상에는 귀신보다 더 무서운 게 많기 때문에 귀신까지 무서워할 수가 없다. 귀신은 엄마의 잔소리나 배고픔에 비한다면 아무것도 아니다.

"근데 만약에 말이야. 모란반 애들이 무섭다고 다 나가면 어쩌지? 그래서 학교에서 당분간 모란반을 운영하지 않겠다고 하면 말이야."

"그럴 리가 있겠어?"

"그러니까 '만약' 이라고 하잖아."

"그러면 뭐, 너도 나와야지."

"그렇겠지?"

돈가스가 입에서 살살 녹았다.

"고은비, 엉뚱한 생각 하지 말고, 그럴 시간 있으면 공부나 해. 알았어?"

하여튼 엄마는 잠시도 틈을 주지 않았다.

"참, 너 요즘 집에 오다가 현석이 봤어?"

"아니, 못 봤어. 왜?"

"소문 들으니까 걔가 원형 탈모가 생겼대."

"정말?"

놀라는 바람에 돈가스가 목에 걸렸다.

"학업 스트레스 때문에 그렇다나 뭐라나. 그래서 걔네 엄마가 학원 다 끊었다고 하더라고. 하여튼 현석이네 엄마가 좀 극성이 잖아. 애를 얼마나 잡았으면 그랬겠어. 애만 불쌍하지 뭐야."

엄마는 사돈 남 말 한다는 속담을 모르는 모양이다. 엄마에 게 그 말을 해 줄까 하다가 혼만 날 게 뻔해 그만두었다.

"그래서 걔 학원 안 다닌대? 과외도 안 하고?"

"당연하지. 애 대머리 되면 어쩌려고?"

원형 탈모에 걸린 현석이가 불쌍하지만, 한편으론 너무 부러

웠다. 내 머리카락은 누굴 닮아 이렇게 굳센 건지, 유달리 튼튼
한 내 머리카락이 미울 뿐이다.

점심을 먹은 후, 우리는 운동장 등나무 벤치에 가서 앉았다.
날씨가 추워지기 시작해서 그런지 벤치에는 우리 넷밖에 없다.
얼마 전까지만 해도 등나무 잎이 초록색이었던 것 같은데 이제
는 온통 갈색이다.

"릴라, 어제는 모란반 어땠어? 나 궁금해 죽을 뻔했어."

아침부터 지형이는 똥 마려운 강아지마냥 나를 쳐다보았다.
하지만 교실에 다른 아이들이 있어서 이야기를 할 수 없었다.

"귀신 소리 정말 대박이야. 소울, 너 도대체 그거 어디서 구
한 거야?"

"우리 이모부가 음향 관련 일 하시거든. 내가 특별히 부탁했
어."

며칠 전에 소울이가 준 소형 카세트를 모란반 교실 청소 도
구함에 넣었다. 청소 도구함은 내 자리에서 가깝기 때문에 리
모컨으로 조작이 가능하다.

소울이는 모란반을 폐지시키기 위해 '귀신 소문'을 내자고
했다. 모란반에 귀신이 있다는 소문이 돌면 자연스레 아이들이
모란반을 나갈 것이고, 모란반은 곧 폐지될 것이다. 손님이 없

는 가게는 문 닫기 마련이다.

어제 모란반에서 있었던 일들에 대해 이야기해 주니, 아이들은 배를 잡고 깔깔대며 웃었다.

"모란반 애들 완전 쫄았겠다?"

"그럼. 그 얘기를 듣고도 괜찮을 애가 어디 있냐?"

소울이와 지형이는 신이 났지만 혜지는 표정이 좋지 않았다.

"그런데 애들아, 나 좀 무서워. 우리 학교에 진짜 귀신이 있을 것 같아."

"괜찮아. 그거 다 소문이야. 우리 친척 언니가 우리 학교 나왔는데 그렇대. 어느 학교나 다 있는 이야기잖아."

지형이가 혜지를 안심시켰다. 하지만 혜지는 진짜 학교에 귀신이 있을지 모른다며 주위를 계속 두리번거렸다.

"몇 명 정도가 나가면 모란반이 없어질까?"

"열다섯 명만 나가면 모란반이 휘청거리지 않을까? 다해서 서른 명이잖아."

"그런데 1학년 보란반만 없애는 게 가능해? 없애려면 1, 2, 3학년 다 없애야지."

"그럼 2, 3학년 교실에도 카세트를 설치해야 하나?"

"걱정 마. 2, 3학년까지 소문이 다 퍼졌어. 2, 3학년 언니들도 보충 몇 명 빠졌대."

"아니, 거긴 왜?"

"원래 직접 듣는 것보다 소문으로 들을 때가 더 무서운 법이거든."

내 말에 아이들이 고개를 연신 끄덕였다.

"야, 그만 들어가자. 5교시 시작하겠어."

"벌써?"

학교생활이 영화라면 수업 시간은 느린 재생으로 돌아가고, 점심시간이나 쉬는 시간은 두 배속으로 재생되는 것 같다.

"빨리 가자. 5교시 국사 시간이야."

국사란 말에 우리는 뛰기 시작했다. 국사 선생님은 할아버지인데, 수업 시간에 졸거나 딴짓을 하면 혼나지 않지만 수업 시간에 늦는 건 절대 용납하지 않았다.

국사 선생님보다 간발의 차이로 먼저 교실에 들어왔다. 늦었으면 한참 잔소리를 들었을 거다. 선생님보다 겨우 십 초 정도 늦게 들어온 향애와 미란은 귀가 얼얼해지도록 혼나고 또 혼났다.

지형이는 국사책 대신 노트를 꺼내 무언가를 쓰기 시작했다. 살짝 들여다보니 시나리오를 쓰는 노트다. 요즘 지형이는 공모전에 낼 시나리오를 쓰는 데 온 힘을 다하고 있다. 자습 시간은 물론이고 수업 시간까지 몰래 글을 썼다.

"그걸 왜 노트에 써? 컴퓨터로 안 써?"

"다 쓰고 옮길 거야. 이렇게 손으로 써야 더 잘 쓰여. 이번 공모전에서 상금 받으면 꼭 쌍꺼풀 수술 할 거야."

지형이는 글을 써야 한다며 그만 조용히 하라고 했다.

국사 선생님은 어제 뉴스에 나왔다는 입시 정책에 대해 이야기 중이었다. 입시 정책은 자주 바뀌지만, 언제나 결론은 '수능'이다. 국사 책에 나온 불상 그림을 자세히 들여다보았다. 어디서 많이 봤나 했더니, 두루뭉술한 몸매가 꼭 나다.

주말에만 하기로 했던 연극 연습을 주 중인 수요일에도 하게 되었다. 주말에 몰아서 연습을 하면 연기의 감을 잃을 수 있다며, 유혜인 역을 맡은 이종옥 선생님이 제안했다.

이상해 씨에게 가서 모란반 보충을 빠져야겠다고 말하니, "너도 소문 때문에 그러냐?" 하고 물었다. 난 매주 수요일마다 영어 과외를 하게 되었다고 했다. 지난번에 치른 모의고사에서 외국어 영역 점수가 제일 낮았다. 그걸 핑계로 영어 과외를 꼭 해야겠다고 하니 이상해 씨가 마지못해 허락했다.

다음은 선영이 차례다. 선영이의 입막음을 제대로 해 놓지 않으면 엄마에게 걸리고 말 것이다. 교문을 나서면서 선영이에게 문자를 보냈다.

─나오늘보충빠질거야너네엄마한테나보충빠졌다는말하면
절대안돼!!!!!!

잠시 후, 답 문자가 왔다.

─또?너요즘뭐하러다니는거야?

선영이에게는 연극에 출연하게 되었다는 것을 말하지 않았
다. 내가 연극 무대에 서는 것을 아는 사람은 담임 선생님과 지
형, 소울, 혜지뿐이다.

─그냥바람좀쐬려고.
─너네엄마가자꾸우리엄마한테너잘하고있냐고묻는대
─무조건잘한다고그래.너이상한소리하면네남친불어버릴
거야!

연습 시간보다 십 분 일찍 연습실에 도착했다. 하지만 이종
옥 선생님이 먼저 와 계셨다. 수요일은 이종옥 선생님과 내가
만나는 장면을 중심으로 연습하기 때문에 다른 배우들은 오지
않는다.

190

“예쁜 은비, 왔니?”

선생님은 나를 ‘예쁜 은비’라고 불러 주신다. 선생님은 열심히 연기 연습하고 노력하는 내가 정말 예쁘다고 했다. 처음에는 ‘예쁘다’라는 말이 너무 어색했지만 여러 번 듣다 보니 곧 적응이 되었다.

“학교 갔다 와서 힘들지?”

“아니에요. 여기만 오면 힘이 나요.”

“뭐 좀 마실래?”

선생님이 의자에서 일어났다.

“아니에요. 앉아 계세요. 제가 갖다 드릴게요. 선생님은 커피 시죠?”

선생님은 언제 봐도 늘 멋지다. 옷을 화려하게 입는 것도 아니고, 화장을 예쁘게 하는 것도 아닌데 왠지 모르게 빛이 난다.

커피포트에 물을 데운 후 커피 믹스를 컵에 넣었다. 오늘은 두 잔이다. 나도 오늘은 커피를 마실 거다.

“난 은비가 타 주는 커피가 제일 맛있더라.”

선생님이 커피를 마시는 모습을 유심히 살펴보았다. 어쩜 저렇게 우아하게 마실 수 있는 거지? 나도 선생님처럼 눈을 살짝 내리깔고 커피 향을 맡은 후 한 모금 마셨다.

앗, 뜨겁다.

결국 혀를 데고 말았다.

"드라마 촬영장 같은 데 가면 어린 후배들이 많거든. 걔네들은 나를 보는 둥 마는 둥 해. 이젠 내가 잘나가는 배우는 아니니까."

한때 이종옥 선생님은 드라마, 영화에서 항상 주연만 맡을 정도로 인기가 많았지만, 요즘은 텔레비전에서 보기가 힘들다.

"저기, 요즘엔 드라마 안 찍으세요?"

"요즘 드라마 다 별로야. 불륜 아니면 출생의 비밀, 시한부 인생이 다잖아. 십 년 전이나 지금이나 나아진 게 하나도 없어. 작가들은 쪽 대본이나 날리고, 프로듀서들은 어린 배우들 눈치나 보고. 하여튼 밥맛이야."

선생님은 거리낌 없이 이야기를 했다. 선생님을 늘 따라다니는 수식어가 있다.

'건방진 여배우.'

자세히는 모르지만 몇 년 전에 방송계에서 큰 사건이 있었다. 선생님이 드라마 촬영 중 프로듀서와 크게 싸운 것이다. 그일로 인해 선생님은 드라마에서 도중하차했고, 선생님에 대한 기사는 비난에 가까운 게 많았다.

"드라마를 찍고 있으면 내가 꼭 기계가 된 것 같아. 감정 몰입할 시간도 주지 않고 대충 짜깁기해서 만들려고 하는 감독들이 많아. 그래도 텔레비전 드라마 괜찮은 거 작업하고 나면 그거 볼 때 기분이 끝내줘."

선생님은 무언가를 생각하는지 잠시 이야기를 멈추었다. 얼굴에 살짝 미소가 번졌다.

"연극은 처음이라고 했지?"

"네."

"어때?"

"아직 무대에 서 보지 않아서 모르겠어요. 그런데 걱정돼요. 드라마는 실수하면 다시 찍을 수 있는데 연극은 그러지 못하잖아요."

"그게 연극의 묘미야. 실수까지 다 연극에 포함되는 거지. 연극은 매번 똑같은 걸 연기해서 지겨울 것 같지? 절대 아냐. 공연할 때마다 이야기가 달라져. 매회마다 새로운 연극을 하는 것 같아."

"관객들 앞에서 연기하면 많이 떨릴 것 같아요."

"하다 보면 괜찮아져. 관객의 반응이 바로바로 느껴지는데, 으, 그 기분 말로 못해. 이 년 전인가? 어느 날은 내가 집에 복잡한 일이 생겨서 연기를 좀 소홀히 한 적이 있어. 그런데 바로 티가 나더라. 관객들 반응이 싸해. 끝나고 나서 박수를 받는데 어찌나 얼굴이 뜨겁던지."

나를 보고 있는 관객들을 상상해 보았다. 환한 무대와 달리 객석은 어둡고, 관중들은 오로지 나에게만 집중하고 있다. 그들은 내 몸짓과 대사를 하나도 놓치지 않고 지켜볼 것이다.

"저 잘할 수 있겠죠?"

"넌 몰입하는 능력이 아주 뛰어나. 아직 몇 번 연습해 보지 않았지만, 너랑 연기할 때는 나도 참 신나. 그래서 공연이 아주 기대돼."

"선생님, 저도 너무너무 기대돼요."

이제 공연이 이 주밖에 남지 않았다. 드디어 내가 연극에 데뷔하는 것이다.

이야기를 하던 선생님이 가방에서 무언가를 꺼냈다. 조그만 쿠키 상자다.

"지나가는데 새로 오픈했다면서 막 끌고 가더라. 아르바이트생이 너무 열심이기에 하나 샀어."

선생님이 별거 아니라면서 건네주었다. 지난번 연습 끝나고 쿠키 가게를 지나가면서, 맛있겠다고 한 내 이야기를 기억하고 있었나 보다.

"은비도 계속 연기하고 싶지? 어렸을 때 아역 배우도 했다면서?"

"잠깐이요. 살찌면서 캐스팅이 다 끊겼어요."

부끄러운 사실이지만 선생님 앞에서는 이 말을 하는 게 하나도 창피하지 않았다.

"은비야, 너 만약 유명한 배우가 될 수 없다면 어떻게 할래?"

"네?"

"네 또래의 유명한 애들 있잖아. 오유리나 이지석 같은. 아마 걔네는 앞으로도 유명할 거고, 다른 유명한 배우들이 또 생겨날 거야. 너도 유명해지는 걸 바라지?"

아무 대답도 하지 못했다. 아니라고 말하기에는 오유리가 너무 부러웠다.

"배우라면 누구나 인기를 얻고 싶어 하고 유명해지길 바랄 거야. 그런데 그것 때문에 연기를 해서는 안 돼. 인기 스타가 되는 건 쉽지 않을뿐더러, 그걸 바라고 연기를 하면 쉽게 지쳐. 만약 네가 유명해지고 싶어서 연기를 하는 거라면 아예 시작조차 하지 않는 게 좋을 수도 있어."

예전에 촬영할 때가 떠올랐다. 주연이든 조연이든 대기 시간은 같지만, 텔레비전에 나오는 시간은 저마다 달랐다. 사람들이 알아보지 못하는 배우들도 아주 많았다.

"사실은 저도 잘 모르겠어요. 연기가 하고 싶어 배우가 되고 싶은 건데, 유명해지고 싶은 욕심도 있거든요."

"은비야, 너 나를 보면 무슨 생각이 드니?"

"네?"

"배우 이종옥 하면 뭐가 떠올라?"

"당차고, 연기 잘하고……."

"은비야, 립서비스 안 해도 돼. 사람들이 나보고 가장 많이 하는 말이 뭔 줄 알아?"

아무 대답도 하지 않고 선생님을 바라보았다.

"한물간 여배우야."

선생님은 다른 사람 이야기를 하는 것처럼 쉽게 그 말을 내뱉었다.

"근데 난 상관없어. 물론 처음에는 속상하고 화도 많이 났지. 이십 대 초반에는 항상 주연만 맡았는데 삼십 대가 되니까 점점 캐스팅 순위에서 밀려나더라. 나보다 젊고 예쁜 애들이 아래서 막 치고 올라오는 거야. 그때 정말 힘들었어. 그래서 배우를 관둘까 하는 생각도 많이 했지."

"그런데 어떻게 연기를 계속 하게 되신 거예요?"

"사실 이 년 정도 쉬었어. 그땐 텔레비전도 영화도 안 봤어. 다 잊고 다른 일을 하려고 했거든. 그런데 자꾸 연기할 때가 생각나더라. 어떤 일을 해도 연기할 때만큼 즐겁지 않더라고. 인기 스타가 아니면 어떠냐 싶었어. 연기를 할 수만 있으면 주연이든 조연이든 다 좋았어. 그래서 감독들 쫓아다니면서 조연이라도 좋으니 연기하고 싶다고 매달렸지."

선생님에게 이런 사연이 있는 줄 몰랐다. 선생님은 언제나 자신감이 넘치는 사람일 거라 생각했다.

"은비야, 연기할 때 너무 조급해하지 마. 튀어야겠다는 생각으로 과장되게 연기하면 거슬려. 편안하게 그 인물이 되어야만 해."

"네."

"이제 우리 연습하자. 정 감독이 잠깐 들른다고 했는데, 떠들고 있는 거 보면 혼날 거야."

가방에서 대본을 꺼냈다.

난 왜 연기가 하고 싶은 걸까? 만약 연기자가 되었는데 유명해지지 못하면 슬플까? 모르겠다. 그냥 지금 당장은 연기가 너무나 하고 싶다.

선생님이 연기를 시작했다. 몰입한 선생님을 보고 있으니 가슴이 떨렸다. 지금 내 앞에 있는 건 이종옥 선생님이 아니라, 완벽한 유혜인이다. 나도 여기에서는 고은비가 아니라 유혜자가 되어야만 한다.

속으로 주문을 걸었다.

나는 유혜자야.

09
잘못된 계산

모란반 보충을 빠지는 아이들의 수가 점점 늘어나고 있었다. 오늘은 일곱 명이나 빠졌고, 창가에서 하얀 물체를 보았다는 아이까지 나왔다.

"모란반에 이상한 소문이 있다던데 그거 다 소문일 뿐이야. 선생님도 이 학교 나왔어. 그때부터 있던 소문이니까 너희들 믿지 마."

수업을 하던 이선정 선생님이 공포에 떠는 아이들을 달랬다.

"진짜 소문이에요?"

"정말요?"

아이들이 질문을 쏟아부었다.

“너희들이 바람 소리를 잘못 들은 거야. 귀신 같은 게 어디 있다고 그래?”

선생님의 말에 아이들이 동요하기 시작했다.

주머니에 손을 넣었다. 잠시 후, “꺼억, 꺼억.” 하는 여자의 신음 소리가 들렸다.

“선생님. 또 이상한 소리가 들려요!”

지애가 울상을 지으며 손을 들고 말했지만, 수업을 하던 선생님은 아무 소리도 들리지 않는다고 했다.

“아니에요. 뒤에서 계속 들린단 말이에요!”

“뒤쪽에서?”

선생님이 뒤쪽을 향해 걸어왔다. 난 얼른 리모컨 정지 버튼을 눌렀다.

어? 어떻게 된 거지? 여러 차례 버튼을 눌렀지만 카세트는 멈추지 않았다.

이선정 선생님은 사물함 쪽을 기웃거리다가 청소 도구함 앞에 섰다.

“여기에서 나는 소리 같은데?”

선생님이 청소 도구함 손잡이를 잡았다. 나는 쉬지 않고 버튼을 눌렀다. 하지만 버튼이 말을 듣지 않았다.

청소 도구함을 여는 선생님의 손이 떨렸다. 순간 아이들의 숨소리 하나 들리지 않았다.

드르륵 하고 청소 도구함이 열렸고, 소리는 더욱 크게 들렸다.

"이게…… 뭐니?"

이선정 선생님이 청소 도구함 맨 아래쪽에 있는 소형 카세트를 꺼냈다. 선생님이 카세트 정지 버튼을 누르자 소리가 멈추었고, 재생 버튼을 누르자 다시 소리가 들리기 시작했다.

여기저기에서 아이들의 탄성이 끊이지 않았다. 옆자리에 선영이는 나를 툭툭 치며 "웬일이니, 웬일이니?"를 연발했다.

"누가 장난치려고 그랬구나? 그것 봐. 내가 다 헛소문이라고 했지?"

이선정 선생님이 카세트를 들고 교탁으로 돌아왔다. 선생님은 카세트를 교탁 위에 올려놓고 똑똑히 잘 보라고 했다.

"이 카세트를 가져다 놓은 게 너희들일 수도 있고, 아닐 수도 있을 거야. 범인은 찾지 않겠어. 하지만 만약 여기에 범인이 있다면 더 이상 이런 장난은 하지 않는 게 좋아. 소문 때문에 놀란 아이들이 얼마나 많은데. 장난이 지나치면 범죄가 되는 거야. 알겠지?"

아이들이 웅성거렸다. 나는 주머니에서 손을 빼고 문제집을 푸는 척했지만 머리가 너무 어지러웠다.

쉬는 시간이라 화장실에 가는데 선영이가 뒤따라 나왔다.

"아이씨, 저게 왜 걸린 거야? 내일부터 애들 다시 보충하러 오겠다. 그렇지?"

"어?"

깜짝 놀라 선영이를 쳐다보았다. 설마 선영이는 내가 한 짓을 알고 있는 걸까? 그래서 나를 떠보려고 이런 말을 하는 건가?

"김샜어, 정말. 저 소리가 테이프가 아니라 진짜였으면 얼마나 좋아."

속으로 안도의 숨을 내쉬었다. 그런데 선영이가 왜 나만큼 실망을 하는 건지 이해가 가지 않았다.

"아무래도 유채린 짓 같지? 귀신 소리 때문에 박은지가 계속 보충 빠졌잖아."

"무슨 소리야?"

"둘이 라이벌이잖아. 유채린 계집애, 박은지를 걱정하는 척할 때마다 완전 역겹더라. 어찌 됐건 귀신 소리 때문에 공부 잘하는 애들 보충 빠져서 좋았는데 말이야. 그 덕에 성적 좀 올려 보려고 했더니만……."

선영이가 고개를 설레설레 저으며 화장실 안으로 들어갔다. 난 망연히 선영이의 뒷모습을 쳐다보았다.

집으로 돌아와 지형, 소울, 혜지에게 메신저로 들어오라는 문자를 보냈다. 그러고는 십 분이 지났지만 '샤랄라걸' 혜지밖에 접속한 사람이 없어, 지형이와 소울이에게 다시 문자를 보냈다.

──카세트걸렸어

십 초도 되지 않아 '꽃미남만세' 지형이와 '건들지마' 소울이가 메신저에 들어왔다.

꽃미남만세: 옴마, 웬일이래? 그래서 어떻게 됐어?

I'm a ☆: 야자 시간에 이상해 씨가 들어와서 난리 쳤어. 소지품 검사 한다고 해서 까무러칠 뻔했다니까.

샤랄라걸: 그래서 했어?

I'm a ☆: 다행히 안 했어.

꽃미남만세: 이제 어떻게 해?

I'm a ☆: 몰라. 공연 이제 열흘일밖에 안 남았잖아. ㅠㅠ 나 돌아 버릴 것 같아.

샤랄라걸: 은비야, 힘내. 방법이 있을 거야.

건들지마: 씨댕, 거의 다 됐는데.

꽃미남만세: 야, 사실 그거 말도 안 되는 방법이었어.

건들지마: 뭐라고?

꽃미남만세: 그런 식으로 해서 언제 다 애들 쫓아내냐? 난 처음부터 귀신 소리 그거 별로였어 .

건들지마: 그럼 처음부터 그렇다고 말하지, 왜 이제 와서 별로였다고 하냐?

꽃미남만세: 그땐 소울이가 네가 너무 자신 있어 하니까.

I'm a ☆: 싸우지 마. 나 진짜 죽고 싶어.

샤랄라걸: 은비야, 그런 소리 하지 마.

꽃미남만세: 릴라야, 걱정 마. 우리에겐 부적이 있잖니. 부적의 힘으로 모란반은 없어지고 말 거야.

건들지마: 웃기는 소리 하네. 종이 쪼가리 하나로 모란반이 없어지면, 남북은 벌써 통일되고, 전쟁 같은 건 안 일어났다고!

꽃미남만세: 릴라야, 나 이제 시나리오 거의 다 완성했어. 이거 공모전에 당선되어 영화화되면 너한테 꼭 배역 줄게.

건들지마: 낙선 좋아하네. 그게 쉽냐?

꽃미남만세: 릴라야, 힘내.

건들지마: 야, 나불이. 너 왜 내 말 씹어?

꽃미남만세: 네가 자꾸 시비 거니까 그렇지.

건들지마: 시비는 네가 먼저 걸었잖아.

샤랄라걸: 너네 제발 그만 좀 해.

꽃미남만세: 하여튼 이소울, 말 한번 참 싸가지 없게 한다니까.

건들지마: 누가 할 소리?

I'm a ☆: 그만들 좀 해! 자꾸 그러면 나 그냥 나가 버릴 거야!

꽃미남만세: 초딩 이소울. 중학생한테 삥이나 뜯기고 다닌대요.

건들지마: 허풍쟁이 주제에! 나지형은 왕 허풍쟁이!

꽃미남만세: 초딩초딩~. 믿기지 않겠지만 이소울도 고등학생이랍니다.

건들지마: 나지형은 말도 안 되는 시나리오만 쓴답니다.

샤랄라걸: 그만 좀 싸우라고!

꽃미남만세: 이 쪼그마한 게!

I'm a ☆님이 퇴장하셨습니다.

컴퓨터를 끄고 침대에 누웠다. 배가 고팠지만 기운이 없어 부엌에 갈 수 없었다.

1교시 수학 수업이 5교시 체육 수업과 바뀌었다. 교실에서

자습을 하면 좋으련만, 주번이 들어와 체육 수업을 운동장에서
할 거라고 했다.

사물함에서 체육복을 꺼내 왔다. 안 그래도 기분이 별론데
아침부터 체육복을 입어야 한다니. 난 체육 시간이 제일 싫다.
특대 사이즈를 입어도 체육복이 몸에 꽉 끼어 쫄바지를 입은
것 같다. 다른 아이들처럼 헐렁한 체육복 한번 입어 보는 게 나
의 작지만 큰 소원이다.

체육 선생님은 다음 주에 배구 토스 실기 시험을 볼 거라며,
배구공을 가지고 각자 연습하라고 했다.

우리는 오 분 정도 연습을 하다가, 체육 선생님이 보이지 않
자 운동장 그늘에 가서 쉬었다. 연습을 하는 애들은 실기 시험
에 목숨 건 아이들 몇 명뿐이었다.

"릴라야, 기운 좀 차려. 오늘 점심 메뉴가 네가 좋아하는 탕
수육이야. 내 거 다 너 줄게. 그러니까 힘내, 응?"

지형이가 내 옆에 바짝 붙어 앉으며 말했다.

"아니야. 오늘 닭조림이랑 오이무침이랑 된장국이야."

"정말? 탕수육 아니야?"

"그건 내일 메뉴야."

내가 급식 메뉴를 줄줄 외우자 혜지가 신기해하며 어떻게 알
았냐고 물었다.

"릴라가 월요일에 학교 와서 가장 먼저 하는 게 식단표 외우는 일이잖아. 특히 음식 관련된 거에는 머리가 휙휙 잘 돌아. 그렇지, 릴라?"

아무 대꾸도 하지 않았다. 한여름 땅에 떨어진 아이스크림처럼 한없이 녹고 있는 것만 같았다.

"고뚱땡, 한숨 좀 쉬지 마. 세상 다 끝난 것도 아니잖아."

소울이가 배구공을 통통 튕기며 말했다.

"지금 내 상황이 세상 다 끝난 것과 다를 게 뭐가 있냐?"

공연이 이제 구 일밖에 남지 않았다. 모란반이 없어지지 않는다면 연극 무대에 서는 건 불가능하다.

"그냥 모란반 보충 빠지고 연극하러 가면 안 돼? 우선 저지르고 보는 거야."

"우리 엄마 성격상 극장에 와서 나 끌고 갈 거야."

엄마가 공연하는 곳에 와서 난리 치는 장면을 상상하니 몸서리가 쳐졌다. 엄마는 오빠가 군대에 입소하는 날까지 입소 날짜를 늦추기 위해 남몰래 국방부, 군부대 등 이리저리 쫓아다니며 알아봤다. 하지만 본인이 아니면 연기할 수 없다는 소리에 결국 오빠는 입대할 수 있었던 것이다.

"모란반에 폭탄을 설치하는 건 어떨까?"

지형이와 소울뿐 아니라 혜지까지 어이없다는 표정으로 나를 쳐다보았다.

"은비야, 농담이지?"

혜지가 저런 반응을 보이다니, 정말 말도 안 되는 생각이었나 보다.

"그 방법까지는 쓰지 않으려고 했는데."

소울이가 배구공을 바닥에 내려놓은 후 내 옆에 바싹 붙어 앉았다.

"어떤 방법?"

"정말 이렇게까지는 하지 않으려고 했는데 말이야."

"뭔데? 이소울, 뜸 들이지 말고 빨리 말해!"

지형이가 참지 못하고 소리쳤다.

"대외적인 문제로 만들어야겠어."

"대외적인 문제?"

우리는 이해가 가지 않아 소울이를 쳐다보았다. 소울이는 주위에 아이들이 없는 것을 재차 확인하고는 아주 작은 목소리로 말했다.

"교육청에 글을 올리는 거야. 심화반 운영은 엄연히 불법이잖아. 모란여고에서 운영되고 있는 심화반에 대해 항의의 글을 올리는 거지."

"그게 효과가 있을까?"

"물론. 교육청에서 심화반을 걸고 넘어지면 학교도 어쩔 수 없어. 게다가 우리 학교는 공립이라 교육청에서 문제 삼으면 금방 반응할 거야. 아마 당분간은 운영하지 않을 수도 있어."

"과연 교육청에서 심화반을 문제 삼을까? 지금 알면서도 눈 감아 주고 있는 거잖아."

"그러니까 밖으로 끌어내 문제 삼자는 거지."

"그래, 이왕이면 청와대랑 방송국에도 올리자."

지형이와 혜지가 신나서 소울이의 말에 맞장구쳤다.

"고뚱땡, 왜 반응이 없어?"

"잘 모르겠어. 교육청에 글을 올린다고 금방 모란반이 폐지될까?"

"물론이지."

소울이가 강하게 확신했다.

"그런 식으로 해서 고쳐진다면, 세상에 문제가 하나도 없겠다."

"우선 한번 해 보는 거지 뭐."

소울이가 한발 물러섰다.

"그래도 모란반에 폭탄을 설치하는 것보다는 백만 배 좋은 아이디어 아니야?"

그건 그랬다.

내가 한번 해 보자고 말하니, 소울이가 앞으로의 계획에 대해 이야기했다.

"자."

뜬금없이 지형이가 손등을 위로 하여 앞으로 내밀었다. 파이팅을 외치자는 거였다.

"이거 꼭 해야 해?"

소울이가 내키지 않는다는 표정을 지으며 물었다.

"이런 의식을 해야만 기운이 퍼져 일이 다 잘되는 거라고."

지형이가 계속 우리를 닦달했다. 할 수 없이 우린 지형이의 손 위로 손등을 포갠 후, 셋까지 숫자를 세고 "파이팅!"을 외쳤다.

투서는 지형이가 맡아 쓰기로 했고, 소울이가 교육청과 청와대, 방송국 홈페이지에 올리기로 했다. 공연 날까지 시간이 얼마 남지 않았기 때문에 오늘이라도 당장 올려야 했다.

지형이는 교과서 위에 노트를 폈다. 그러고는 점심시간에 소울이가 써 준 개요를 바탕으로 투서를 쓰기 시작했다.

"야, 이따가 쓰면 안 돼? 이상해 씨 수업이잖아."

"괜찮아. 뒷자리라서 안 걸릴 거야."

지형이는 아랑곳하지 않고 계속해서 글을 썼다. 원래 지형이가 수학 수업을 잘 듣지 않긴 했지만, 걸릴까 봐 조마조마했다.

수업에 집중이 되지 않았다. 투서를 올린다고 모란반이 폐지될 수 있을까? 내 꿈이 모란반 때문에 좌절된다면 평생 모란반을 용서하지 않겠다.

학교에서는 성적이 우수한 학생에게 양질의 보충 수업과 자습 환경을 마련해 준다고 하지만, 정작 우리에게 필요한 과외는 학교 공부가 아니라 꿈을 찾는 공부라는 걸 왜 모르는 걸까. 정규 수업만으로도 충분한데, 하루 종일 모란반 보충에 야간 자율 학습까지 하니 다른 데 집중할 시간은 전혀 없다.

"나지형, 뭐 하는 거야? 그거 가지고 나와!"

이상해 씨가 나와 지형 쪽을 뚫어지게 쳐다보고 있었다. 지형이의 책상 위에 투서를 쓰고 있는 노트가 그대로 보였다.

"빨리 안 가지고 나와!"

이상해 씨가 소리쳤다. 지형은 얼음땡 놀이를 할 때처럼 숨도 쉬지 못한 채 얼어 버렸다.

"너, 안 나오고 뭐 해?"

이상해 씨가 들고 있던 책을 교탁에 소리 나게 던진 후, 우리 쪽을 향해 성큼성큼 걸어왔다.

"우당탕."

순간 소리가 났고 우리는 모두 그쪽으로 고개를 돌렸다. 반대편에서 소울이가 의자와 함께 바닥에 널브러져 있었다. 이상해 씨는 지형이와 소울이를 번갈아 보았다.

"아악!"

소울이가 꽥꽥 소리를 질러 댔다.

"너 왜 그래?"

"의자에서 미끄러졌어요."

소울 대신 짝꿍 혜지가 대답했다. 그사이, 지형이의 손이 재빨리 움직였다. 지형이는 책상 위의 노트를 서랍에 있던 다른 노트와 바꿔치기 했다.

"쟤 좀 일으켜 줘."

소울이의 상태를 살핀 이상해 씨가 큰일이 아니라고 판단했는지 이쪽으로 다시 걸어왔다.

"이게 뭐야? 영화 시나리오? 누가 수업 시간에 이런 걸 쓰래?"

지형이가 바꿔치기 한 노트는 시나리오 노트였다. 이상해 씨는 노트를 들춰 보고 나서 본격적으로 화를 내기 시작했다.

"이러니까 수학 성적이 갈수록 떨어지지. 네가 제정신이야?"

이상해 씨가 노트로 지형이의 머리를 여러 번 내려쳤다. 얼마나 세게 때렸는지 노트가 너덜너덜해졌다.

"이런 건 대학 가서 써도 늦지 않아! 지금 네가 할 건 이런

시나리오 나부랭이를 쓰는 게 아니라 공부라고. 모란반에서 잘
렸으면 어떻게 해서든 다시 들어갈 생각을 해야지, 이게 다 뭐
야? 넌 창피하지도 않냐? 이건 압수야.”

지형이가 교탁으로 돌아가려는 이상해 씨의 팔을 잡았다.

“선생님, 돌려주세요. 그거 다음 달 공모전에 내야 한단 말이
에요.”

“공모전?”

이상해 씨가 콧방귀를 끼며 지형이를 노려보았다.

“다음부터 수업 시간에 딴짓 안 할게요.”

“그럼 또 하려고 했나?”

“선생님……”

지형이의 눈에 눈물이 그렁거렸다. 하지만 이상해 씨는 눈
하나 깜짝하지 않고 교탁으로 돌아가 수업을 계속했다.

수업이 끝난 후, 지형이가 바로 이상해 씨를 따라 교실 밖으
로 나갔다.

“야, 지형이 어떡해?”

난 소울이와 혜지의 자리로 달려갔다.

“이상해 씨 절대 안 돌려주잖아.”

“다행이라고 생각해. 투서 쓴 거 걸렸으면 지형이는 죽었어.”

소울이와 혜지가 나를 위로했지만 조금도 기분이 나아지지

않았다. 왜 이렇게 일이 꼬이는 건지 답답하기만 했다.

담임 선생님에게 도움을 청하러 갔던 지형이가 돌아왔다. 이상해 씨에게 용서를 구하며 노트를 돌려 달라고 했지만 아무 소용이 없자 대신 담임 선생님에게 부탁하기로 했던 것이다.

"어떻게 됐어?"

"담임이 말해 주긴 한다는데, 아무래도 힘들 것 같다고 하더라. 내가 어떻게 쓴 시나리오인데……."

지형이가 울먹였다. 지형이가 여름방학 때부터 기대에 부풀어 준비한 시나리오다.

"그거 컴퓨터에 저장 안 해 놨어?"

"노트에 다 쓴 후에 옮기려고 했단 말이야."

"요즘 같은 시대에 노트에 글을 쓰는 사람이 어디 있냐?"

소울이도 속상한지 지형이에게 화를 냈다.

"저기, 미안해……."

지형이의 팔을 잡았다. 하지만 차마 지형이의 얼굴을 쳐다볼 수는 없었다.

"릴라, 네가 왜? 걱정하지 마. 어떻게든 돌려받을 테니까."

지형이의 목소리는 자신만만했지만, 잔인한 이상해 씨의 표정이 떠오르자 기운이 쭉 빠졌다.

"정말 미안해. 괜히 나 때문에……."

나도 모르게 눈물이 왈칵 쏟아졌다.

"야, 울지 마. 네가 울면 공포스럽단 말이야. 이상해 씨가 분명 내 시나리오가 재미있어서 돌려주지 않는 거야. 몇 줄 읽어보니까 재미있었던 거지."

농담이라고 하기에 지형이는 지나치게 진지했다.

"그리고 너 때문에 그런 거 아니야. 투서 쓴 노트였으면 나 죽었어. 나 정말 민첩하지 않냐? 공책 바꿔치기가 예술이었지?"

"그게 다 내 덕인 줄 알아. 내가 쇼 안 했으면 네 노트 바로 걸렸어."

소울이와 지형이는 서로 자기가 잘했다고 우겼다.

"알았어, 이소울. 지인짜 고맙다."

"너도 제법 머리를 잘 굴렸어. 난 네가 기회를 줬는데도 노트를 숨기지 못할까 봐 얼마나 걱정했는데. 이상해 씨가 모란반 문제 삼는 글을 보면 가만있을 사람이냐? 나불이 너도 아주아주 잘한 거야."

소울이의 칭찬에 지형이가 우쭐해했다.

"맞아. 지형이는 너무 친절하다니까. 우리 엄마도 너 무척 좋아하셔. 영민이도 곧 너의 매력을 알게 될 거야."

혜지까지 나서서 지형이를 칭찬했다. 노트를 바꿔치기 한 것과 친절한 게 무슨 관련이 있는지는 모르겠지만, 어쨌든 지형이의 기분이 나아진 것 같아 다행이었다.

투서를 올린 지 이틀이나 지났지만 학교는 잠잠했다. 아이들이 조금 더 기다려 보자고 했으나 난 무척이나 애가 탔다.

게시판에 접속해 소울이가 올린 글을 클릭했다. 소울이는 학부모인 척하며 자기 아빠 이름으로 글을 올렸다.

〈고교 심화반을 폐지해야 합니다!〉
작성자: 이성철

대부분의 일반 고등학교에서 심화반을 운영하고 있습니다. 심화반은 한 학년에 성적 우수자들을 30~40명씩 뽑아 만든 특별반으로, 특별반 학생들은 수업이 끝난 후 따로 보충 수업을 받고 독서실을 별도로 사용하는 등의 혜택을 받습니다.

고교 심화반은 분명히 금지된 사항임에도 불구하고 명문대 진학률을 높이기 위해 공공연히 시행 중입니다. 또한 이를 막아야 할 시, 도 교육청은 이를 모른 척해 주고 있는 것이 현실입니다.

심화반은 학생들을 단순히 '성적'이라는 기준 하나만으로 계급화시키고, 등급화시키는 제도입니다. 성적이 좋다는 이유만으로 따로 보충 수업을 받고, 독서실을 사용하는 것이 말이 됩니까? 이는 매우 '비인격적'인 행태가 아닐 수 없습니다. 심화반에 든 학생들의 우월감과 심화반에 들지 못한 학생들의 박탈감은 이루 말할 수 없습니다. 따로 수업료를 내어 초청 강사에게 수업을 받고, 특별 독서실을 사용하는 심화반 학생들에게는 특권 의식과 우월감이 존재합니다. 또한 학교 선생님들 역시 그들에게 "너희는 학교의 기둥이다. 너희가 잘돼야 학교가 잘된다. 너희가 명문대에 입학해야만 학교의 위신이 설 수 있다."라는 식으로 학생들에게 이야기를 하고 있습니다. 어떻게 똑같은 학교에 다니는 학생들을 '성적'이 좋다는 이유만으로 특별 대우를 할 수 있습니까? 이는 명백한 차별 행위입니다.

우리나라 고등학교의 목적은 명문대 진학률을 높이는 것입니까? 진정한 교육의 장에서는 모든 학생들이 평등하게 교육을 받을 수 있어야 합니다. 특별반이라는 것은 성적 우수자들을 위한 것보다는, 오히려 성적이 떨어지는 학생들이 교과 과목을 따라갈 수 있게 특별히 교육해야 하는 곳이라고 생각합니다. 하지만 우리나라 대부분의 고등학교에서는 교육의 이념을 완전히 무시한 채, 명문대 진학률을 올리기 위해 급급한 실정입니다.

학교는 모든 학생들이 공평하게 교육을 받을 수 있는 곳이지, 학생들끼리 위화감을 느끼는 차별의 공간이 되어서는 안 됩니다. 교육부와 시, 도 교육청에서는 당장 고교 심화반에 대한 조치를 취해야 합니다. 당장 고등학교에서 시행되고 있는 심화반이 폐지될 수 있게 바삐 움직여 주십시오!

수십 개의 댓글이 달렸다. 많은 사람들이 동의하며 심화반을 폐지해야 한다고 했다.

교육청과 청와대 관계자는 이 글을 읽었을까? 다른 게시물들과 비교하여 조회수가 높긴 했지만 알 수 없었다.

컴퓨터를 끄고 연기 연습을 하기 위해 거울 앞에 섰다. 대사를 다 외웠기에 더 이상 대본은 필요 없었다.

연극은 드라마나 영화 촬영과 달리 관객 앞에서 직접 연기를 한다. 발음을 크고 또박또박 해야 뒤쪽 객석까지 전달이 될 것이다. 게다가 이번 공연은 소극장에서 하는 거라 마이크가 없다. 지난 연습 때, 이종옥 선생님에게 발음을 조금 더 명확하게 하고 대사를 약간 천천히 하라는 지적을 받았다.

한참 연기 연습을 하고 있는데 엄마가 갑자기 방문을 획 하고 열었다.

"고은비! 너 거울 앞에서 뭐 하고 있는 거야?"

"나? 거울, 거울 보고 있었어. 여드름이 좀 난 것 같아서."

이마에 난 여드름을 보여 주기 위해 엄마에게 얼굴을 바짝 들이댔다.

"무슨 소리가 들리던데?"

"그냥 중얼거린 거야. 나 원래 중얼거리는 거 좋아하잖아."

엄마가 방 구석구석을 뒤졌다. 책상 서랍을 열어 보고, 책꽂이 사이사이를 보고, 옷장 안까지 뒤졌다. 하지만 침대 매트리스 사이에 끼어 있는 대본을 찾는 게 쉽지는 않을 거다.

한참을 뒤지던 엄마는 결국 아무것도 찾지 못하고 손을 들었다.

"그나저나 언제 들어왔어?"

"아까. 벨 눌러도 엄마가 나오지 않기에 그냥 열쇠로 따고 들어왔어."

"뭐 찔리는 게 있는 건 아니고?"

"진짜 벨 눌렀단 말이야. 도대체 왜 그래?"

엄마에게 큰 소리로 대들었다.

"너 자꾸 엄마 속일래?"

"뭘?"

"엄마가 모를 것 같아?"

"무슨 소리 하는 거야?"

"너, 내가 진짜 모른다고 생각해?"

엄마의 얼굴은 토끼를 잡아먹기 전의 맹수 같았다.

"엄마가 가만히 보고만 있을 것 같아? 내가 너 수요일마다 뭐 하고 다니는지 모를 것 같아?"

깜짝 놀라 엄마를 쳐다보았다. 엄마는 다 알고 있다는 표정이었다.

"어떻게…… 알았어?"

이제 다 끝났다. 난 고개를 떨구었다.

"오디션 보러 다녔지?"

"어?"

"수요일마다 모란반 보충 빠지고 도대체 뭐 했어? 오늘 어머니회 있어서 학교 갔다가 윤병철 선생님한테 다 들었어."

윤병철은 이상해 씨의 본명이다. 엄마를 만난 이상해 씨는 '은비가 과외를 너무 많이 하는 게 아닙니까?' 하고 물었을 거고, 엄마는 '네?'라고 했겠지. 이상해 씨가 '은비가 수요일도 과외 잡혔다고 집에 가던데.'라고 이야기했을 테고, 엄마는 '아닌데. 영어 과외는 주말에 빈는데.'라고 말했을 거디. 이런, 내일 이상해 씨에게도 또 한소리 듣겠구나.

"수요일마다 뭐 하고 다닌 거야?"

"스터디…… 스터디했어!"

"스터디?"

"그래, 스터디. 소울한테 영어 좀 배우고 있어. 걔 미국 살다
와서 영어 잘하잖아."

고개를 똑바로 들고 대답했다. 거짓말일수록 더욱 당당해야
한다.

"그런데 왜 나한테 얘기 안 했어?"

"나중에 영어 성적 올린 다음에 엄마 놀래 주려고 그랬지."

쑥스러운 척하며 대답했다. 하지만 엄마는 의심쩍은 눈으로
계속 나를 쳐다보았다.

"그만 좀 나가 줘. 나 공부해야 해."

엄마를 방에서 밀어내는데, 갑자기 휴대전화가 울렸다. 발신
자를 보니 소울이다. 엄마의 눈치를 살피면서 전화를 받았다.

"고뚱땡, 너 완전 큰일 났어."

소울이가 우리 집에 감시 카메라를 설치해 놓고 나를 훔쳐보
고 있던 게 분명하다.

"알아."

"안다고?"

"그래."

"너 이제 어떡하냐?"

소울이의 목소리가 지나치게 컸다. 난 통화 음량을 낮추고,
이따가 다시 걸겠다며 전화를 끊었다.

"누구야?"

"소울이."

내 말이 채 끝나기도 전에 엄마가 내 휴대전화를 가로챘다. 엄마는 통화 버튼을 눌러 소울이가 맞는지 확인하고는 버튼을 다시 한 번 눌렀다.

"엄마, 뭐하는 거야? 제발 하지 마."

휴대전화를 뺏으려고 발버둥쳤지만, 엄마 힘에 당할 수 없었다.

"여보세요. 소울이니? 나 은비네 엄마인데. 너 수요일마다 은비랑 뭐 했니?"

제발…… 소울이가 눈치껏 대답해 주기를.

"어, 그래. 그럼 들어가라."

엄마의 표정을 보니 소울이가 제대로 대답을 했나 보다.

"너, 허튼짓 하고 다니는 거면 내가 가만 안 둘 거야. 알겠어?"

"무슨 소리야? 친구한테 공부 배우는 게 허튼짓이야?"

목소리 큰 사람이 이긴다고, 더 큰 목소리로 대들었다.

"너 소울이랑 어디서 공부하는데?"

"어디긴 어디야, 소울이네 집에서 하지."

"그럼 다음 주부터 우리 집에서 해."

“뭐?”

“우리 집에 와서 하란 말이야. 엄마가 간식도 만들어 줄게.”

“싫어. 소울이가 남의 집에 가는 거 좋아하지 않는단 말이야.”

거짓말이다. 소울이는 오늘도 영화를 본다며 혜지네 집에 갔다.

“하여튼 그렇게 해.”

난 밖으로 나가려는 엄마를 잡아 세웠다.

“엄만 왜 딸을 못 믿어?”

“네가 믿을 짓을 했어야 믿지.”

“제발 날 좀 내버려 둬. 내가 다 알아서 할 거란 말이야.”

“알아서 한다고? 네가?”

입술을 깨물었다. 지금 엄마에게 대들어서 좋을 건 아무것도 없다.

“알았어. 소울이한테 한번 말해 볼게.”

“오디션이니 뭐니 보러 다니는 거면 가만 안 둬. 너 그런 거 하면 엄마 죽어 버릴 거야.”

엄마가 눈에 잔뜩 힘을 준 채 날 노려보았다.

“알았다니까. 이젠 그런 거 안 해. 걱정 마.”

“엄마한테는 이제 너밖에 없어. 알지?”

숨이 콱 막혔다. 왜 내 인생을 엄마와 나눠야 하는 걸까?

"알아. 나 공부할 테니까 그만 나가."

엄마는 내 다짐을 듣고 나서야 방에서 나갔다.

또 나 자신에게 거짓말을 했다. 내 꿈을 지키기 위해서 할 수 있는 노력이 고작 거짓말이라니. 빨리 어른이 되었으면 좋겠다. 그래서 더 이상 엄마에게 간섭받지 않고, 당당하게 내가 하고 싶은 일을 하고 싶다.

교실에 들어서자마자 소울이가 빨리 오라고 소리쳤다. 0교시가 시작하려면 아직 이십 분이나 남았다.

"고뚱땡, 어제 왜 전화 안 했어?"

"전화할 기분이 아니었어. 그런데 무슨 일이야?"

웬만하면 호들갑을 떨지 않는 소울이다. 지형이와 소울이가 역할 바꾸기 놀이라도 하는지 오늘은 지형이가 조용했다.

"어제 뉴스 봤어?"

"아니. 왜?"

아이들의 표정이 심상치 않았다.

"설마, 우리가 올린 글이 뉴스에라도 떴어?"

"아니."

"그럼?"

"너 이제 어떡하냐?"

지형이가 날 안으며, "아휴, 딱한 것!"이라고 말했다.

"징그럽게 왜 이래?"

난 지형이를 밀어냈다.

"릴라, 큰일 났어. 교육부에서 학교 자율화 정책을 시행할 거래."

"자율화 정책? 그게 뭔데? 왜 큰일이 난 건대?"

"나라에서 0교시 수업이랑 수준별 수업 뭐 이런 거 다 허용하는 거야. 학교에서 자율적으로 다 운영할 수 있게 말이야."

"그런 게 어디 있어?"

"어디 있긴? 그렇게 할 거라고 어제 뉴스에 나왔어. 교육부에서 결정된 사안이래."

교실 컴퓨터를 켜고 인터넷에 접속했다. 메인 뉴스에 '학교 자율화 정책'이 있었다.

뉴스를 클릭하여 읽어 보니, 소울이가 말한 게 다 맞았다.

"그럼 어떻게 되는 거야?"

"우리가 올린 투서…… 소용없게 됐어."

머리가 띵하면서 몸이 휘청거렸다.

"고뚱땡, 왜 그래?"

"릴라야, 괜찮아?"

“은비야, 정신 좀 차려 봐!”

아이들이 나를 흔들었다.

아무 생각도 들지 않았다. 이제 공연이 닷새밖에 남지 않
았다.

10

닌자걸스

"이거 어떨까?"

지형이가 동물 가면을 집어 들었다.

"릴라, 넌 고릴라 가면 쓰면 딱이겠다. 큭큭."

"야, 알아보지 못하라고 가면 쓰는 건데, 고뚱땡이 고릴라 가면 쓰면 다 알아볼 거 아니야."

소울이가 지형이의 손에 있던 가면을 빼앗아 원래 있던 자리에 놓았다.

"우리 넷 다 똑같은 걸로 쓰자. 그래야 알아보기 더 힘들 것 같아."

"그거 괜찮다. 왠지 통일감도 있어 보이잖아."

우리는 다시 흩어져 가면을 골랐다.

"이건 어때?"

혜지가 가면 두 개를 들고 왔다. 하나는 미키마우스, 또 하나는 미니마우스였다.

"너무 귀엽지 않아? 우리는 공포감을 조성해야 하잖아."

소울이가 고개를 저었다.

"그럼 슈렉은?"

"별로야. 그건 웃겨."

지형이의 가면도 거절당했다.

"그럼 이건?"

난 닌자 거북이 가면을 들고 아이들에게 물었다. 이건 어딘가 모르게 비장해 보였다.

"그거 괜찮겠다. 우리도 닌자나 다름없으니까."

"닌자가 뭔데? 그냥 거북이들 이름 아니었어?"

혜지가 닌자 거북이 가면을 얼굴에 쓰면서 물었다.

"아니야. 자객, 첩자 뭐 이런 뜻일걸? 닌자는 얼굴을 가리기 위해 가면이나 복면을 한대."

"우아, 그럼 우리가 닌자 맞구나?"

나와 소울, 지형이도 혜지를 따라서 닌자 거북이 가면을 써 보았다.

"닌자 거북이도 네 명이잖아. 레오나르도, 도나텔로, 라파엘, 미켈란젤로."

지형이가 닌자 거북이 이름을 줄줄 외웠다. 어렸을 때 보긴 했지만 레오나르도밖에 이름이 기억나지 않았다. 그땐 몰랐는데, 지금 보니 닌자 거북이 이름이 모두 위인의 이름에서 따온 거였다.

우린 닌자 거북이 가면으로 결정했다. 소울이는 빨간색, 지형이는 파란색, 혜지는 주황색, 그리고 나는 보라색.

어느덧 저녁때가 되었다.

"야, 피자 먹으러 가자. 내가 쏠게."

"릴라 네가? 웬일이야? 살다 보니 별일이 다 있네."

지형이가 헤벌쭉 웃으며 내게 팔짱을 꼈다.

일요일이라 피자 가게에는 사람이 많았다. 우리는 이십 분 정도 기다린 후에 자리를 배정받았다.

"자, 이거 내가 쓴 계획표야. 어떤가 봐."

소울이가 종이 한 장을 내밀었다. 거기에는 내일 우리가 할 일이 자세하게 적혀 있었다.

"우리가 누군지 들키지 않겠지?"

"그럼. 가면까지 썼는데 알아보겠어?"

"내가 1층에서 올려다봤는데 잘 안 보이더라. 걱정 안 해도 될 거야."

"하지만 난 몸매가 유별나잖아. 선생님들이 알아보면 어쩌지?"

"걱정 마. 어제 보니까 너인지 잘 모르겠더라."

옥상 위에 올라가 예행 연습을 했다. 옥상 아래에 있던 혜지는 내 몸이 잘 보이지 않는다고 했지만, 들킬지도 모른다는 생각에 계속 걱정이 되었다.

"릴라, 웬일이야? 네가 피자를 한 조각밖에 안 먹고?"

"몰라. 요즘 계속 식욕이 없어."

태어나서 처음 있는 일이었다. 난 체했을 때마저 밥맛이 좋았다. 하지만 요 며칠 사이에 배가 고프지도 않고, 음식을 먹어도 맛을 느낄 수가 없었다.

수요일부터 공연이 시작된다. 내일과 모레, 이틀 사이에 해결하지 못하면 무대에 설 수 없다.

"걱정 마, 릴라야. 내일 꼭 성공할 거야."

"그래. 이 방법은 반드시 통할 거라고."

"다 잘될 거야."

지형이와 소울, 혜지가 내 손을 잡아 주었다. 아이들 손의 온기가 내 손으로 전해지면서 차갑던 손이 조금씩 따뜻해졌다.

서둘러 저녁 급식을 먹고 교실로 돌아왔다. 반 아이들 모르게 사물함에 넣어 두었던 쇼핑백을 꺼냈다. 쇼핑백에는 닌자 거북이 가면과 확성기, 자물쇠, 손전등, 그리고 물이 들어 있다.

야간 자율 학습을 하지 않는 소울이와 혜지는 가방을 챙겨 집에 가는 척했다. 나와 지형이도 자율 학습을 빠지겠다는 허락을 받아놓은 터라, 우리 넷은 가방을 가지고 교실 바깥으로 나왔다.

주변을 살피며 5층 옥상으로 올라갔다. 옥상으로 올라가는 계단 옆에 모란반이 있지만, 모란반 아이들은 교실에서 공부를 하고 있는지 복도에는 아무도 없었다.

소울이가 미리 준비해 온 자물쇠로 옥상 문을 잠갔다. 그리고 혹시나 문이 열릴까 봐 옥상에 있던 돌 화단을 문 앞으로 옮겼다. 돌 화단은 꽤 무거웠고, 긴장을 해서 그런지 몸에서 땀이 많이 났다.

주변이 점점 어두워졌다. 낮에 올라왔을 때는 옥상이 무척 넓어 보였는데, 지금은 어둠 때문에 별로 그렇지 않아 보였다.

준비해 온 손전등을 켜서 우리가 서 있는 주변에 세워 놓았다.

"야, 이러니까 꼭 무대에 서 있는 것 같아."

지형이가 춤을 추면서 말했다. 손전등 빛이 하늘로 퍼지면서 왠지 그럴듯해 보였다.

"참, 이거 먹자."

혜지가 주머니에서 동그란 통 네 개를 꺼냈다. 추파춥스처럼
생긴 작은 원형 상자다.

"이게 뭐야?"

통을 열자 고약한 한약 냄새가 코를 찔렀다. 종이를 벗기니,
황금색의 우황청심환이다.

"아빠가 일본에서 사 온 건데, 효과가 아주 끝내줘."

별로 내키지 않았다. 지형이와 소울이의 표정을 보니 나와
같은 상태인 것 같았다.

혜지가 먹으라고 닦달을 하여 우리는 우황청심환을 입에 넣
고 씹었다. 씹을 때마다 쓴맛이 강하게 느껴졌다. 그냥 삼키고
싶었지만, 씹어 먹어야 효과가 좋다고 혜지가 몇 번을 강조했다.

"애들아, 내 입 냄새 죽이지?"

지형이가 우리 얼굴에 대고 하악 하악 하고 냄새를 뿜어 댔
다. 아주 고약했다. 우리도 질세라 지형이의 얼굴에 대고 입으
로 숨을 쉬었다.

"자, 이제 이거 쓰자."

소울이기 쇼핑백에서 넌지 거북이 가면을 꺼냈다. 우리는 각
자 고른 색깔을 찾아 얼굴에 뒤집어썼다. 가면을 쓰고 나니 조
금씩 긴장이 되기 시작했다.

“자, 이제 교무실에 연락할 차례야.”

소울이가 휴대전화를 꺼내려고 주머니에 손을 넣는데, 지형이가 소울이의 팔을 잡아 제지했다.

“잠깐, 우리 파이팅 한 번만 외치자.”

“좋아.”

우리는 손을 내밀어 하나로 포갰다.

“정말 고마워. 나 때문에 이렇게까지 해 줘서. 너희는 정말 최고의 친구들이야.”

옥상 계획을 짜면서, 아이들에게 정말로 괜찮겠느냐고 몇 번을 물었다. 지형이와 소울, 혜지는 조금의 망설임도 없이 나와 함께 하겠다고 했다.

“고뚱땡, 난 너 때문에 그러는 거 아니야. 난 모란반이 싫어.”

“릴라, 나도 마찬가지야. 모란반만 생각하면 이가 갈린다고.”

“은비야, 난 모란반이 싫지는 않은데, 뭐 그렇다고 좋지는 않아.”

하여튼 내가 말을 말아야지.

“떨지 말고, 쫄지 말고, 잘하자.”

“그래, 우리는 닌자걸스니까.”

“비록 몇 번 실패했지만 이번에는 꼭 성공하자. 유종의 미를 거두자고.”

가면을 쓴 아이들의 표정이 보이지 않았지만 어떨지 짐작이 갔다. 닌자 거북이의 표정이 곧 우리의 표정이었다.

"저기……."

파이팅을 외치려고 하는데 혜지가 물었다.

"그런데 유종이가 누구야?"

"풉." 하고 지형이의 웃음소리가 들렸다. 역시 우리는 진지한 게 삼 분을 못 넘겼다.

옥상 난간 앞에 바짝 붙어 선 소울이가 교무실에 전화를 걸었다. 하지만 한참 동안 휴대전화를 귀에 대고 있을 뿐, 아무 말도 하지 않았다.

"야, 안 받아. 선생님들 다 퇴근했나?"

"다시 걸어 봐. 남아 있는 선생님들이 있을 거야."

다섯 번의 시도 끝에 전화가 연결되었다. 소울이는 손가락으로 코를 잡은 후, 목소리를 변조해 종이에 적힌 문장을 읽기 시작했다.

"1관 5층 옥상 위를 보세요……. 지기, 지기요!"

소울이가 전화기에 대고 소리를 질렀다.

"뭐야?"

"끊겼어. 장난 전화인 줄 알았나 봐."

"이리 줘 봐."

난 소울이의 휴대전화를 뺏은 후, 통화 버튼을 눌러 다시 교무실과 전화를 시도했다.

"여보세요."

드디어 연결이 되었다. 난 전화가 끊길까 봐 숨도 쉬지 않고 이야기했다.

"지금 당장 1관 5층 옥상을 보지 않으면 사람이 죽을 수도 있어요! 저 지금 뛰어내릴 거예요!"

"누구세요?"

"오 분의 시간을 드리겠습니다. 당장 교무실에서 뛰어나와 옥상을 보세요. 그리고 다른 선생님들에게 모두 연락해 주세요. 이상해 씨, 아니 윤병철 선생님은 꼭 부르셔야 합니다!"

그 말만 하고 서둘러 전화를 끊었다.

잠시 후, 1층 화단 쪽으로 남자 선생님 한 명이 뛰어나오는 것이 보였다. 준비해 온 망원경으로 아래쪽을 보았다. 3학년 체육 담당인 총각 선생님이다. 지형이가 기뻐 어쩔 줄 몰라 했다. 그는 꽃미남과는 절대적으로 거리가 멀었지만, 학교의 유일한 총각 선생님이라는 이유만으로 한때 지형이의 흠모 대상이었다.

총각 선생님은 옥상 쪽을 쳐다보더니 어디론가 급하게 전화를 걸었다.

"곧 이상해 씨가 오겠지?"

“응.”

시간이 한참 흘렀지만 이상해 씨는커녕 선생님들은 아무도 오지 않았다. 도대체 총각 선생님은 어디로 전화를 걸었을까? 홀로 옥상 쪽을 쳐다보며 서 있는 총각 선생님은 조금도 다급해 보이지 않았다.

“저 선생님 바보 아냐? 왜 저렇게 느긋해?”

우리는 지형이를 째려보았다.

“왜 그래? 나 이제 저 선생님 안 좋아한다니까?”

그때, 요란한 소리를 내며 경찰차 한 대가 정문으로 들어서는 게 보였다. 경찰차는 마치 카레이싱을 하는 것처럼 운동장을 가로질러 1관 앞에 멋지게 주차를 했다.

“야, 저게 뭐야?”

차에서 남자 경찰 두 명이 내렸다. 경찰은 총각 선생님과 몇 마디 주고받은 후, 확성기를 꺼내 우리를 불렀다.

“학생들이 공부하고 있는 학교에서 뭐 하는 겁니까? 당장 내려와요! 학생들 공부하는데 방해됩니다!”

우리는 당황하여 서로를 쳐다보았다. 우리의 계획대로라면 지금 아래에 있어야 할 사람은 경찰이 아니라 이상해 씨다.

“우리도 모란여고 학생들이에요!”

지형이가 확성기에 대고 소리쳤다.

"진짜 학생들이에요?"

"진짜 모란여고 학생 맞아요. 교복 입은 거 안 보여요? 우리는 경찰 아저씨랑 할 말 없어요. 모란여고 선생님들과 협상할 거예요. 만약 협상이 이루어지지 않는다면 우리는 뛰어내릴 거예요!"

우리는 난간에 바짝 붙어 선 후, 교복 재킷을 벗어 들고 머리 위로 흔들었다. 그때 옥상 문을 두드리는 소리가 들렸다.

"열지 않으면 부수고 들어갈 겁니다!"

아래쪽을 보니 경찰은 한 명뿐이었다.

"당장 문 열어요!"

문 두드리는 소리가 요란했다. 자물쇠로 잠그고 돌 화단까지 앞에 세웠지만, 문이 조금씩 흔들리는 것을 보자 조마조마했다.

"지금 저 사람, 당장 내려가게 하세요! 자물쇠로 단단히 잠가 열 수 없을 거예요. 저 사람이 문을 계속 두드리면 우리 진짜 뛰어내립니다!"

소울이가 난간 위로 다리를 내미는 자세를 취했고, 소울이의 재촉으로 나와 지형, 혜지도 다리 한쪽을 난간 바깥으로 내밀었다. 이러다가 진짜 떨어지는 게 아닌지 겁이 났지만, 경찰이 당황하여 말리는 걸 보니까 몸이 더 적극적으로 반응했다. 흥분한 내가 두 다리를 다 내놓으려 하자 아이들이 말렸다.

"진짜 뛰어내립니다!"

"진정해요, 진정해!"

아래쪽 경찰이 무선기에 대고 뭐라 뭐라 말을 했고, 잠시 후 문 쪽이 조용해졌다.

"너희들 뭐 하는 거야?"

저 멀리 이상해 씨를 비롯해 열 명 가까이 되는 선생님들이 우르르 뛰어오는 게 보였다.

"우아, 이상해 씨야!"

"드디어 이상해 씨가 왔어!"

우리는 이상해 씨를 향해 손을 흔들었다. 참 나, 살다 살다 저 인간이 반갑기는 처음이다. 그런데 이상해 씨는 화가 잔뜩 나 있는 상태였다. 당장이라도 점프를 해서 옥상 위로 튀어 오를 것 같았다.

"너희들! 당장 내려오지 않으면 내 손에 죽는다!"

이상해 씨가 확성기에 대고 화를 냈고, 옆에 서 있던 경찰이 말렸다. 하지만 이상해 씨는 경찰을 밀어내고는 확성기에 대고 가만두지 않겠다고 소리쳤다.

우리도 질 수 없었다. 우린 침착함을 잃지 않고 확성기에 대고 말했다.

"요구 사항을 들어주기 전까지는 절대 내려가지 않습니다.

요구 사항을 들어주지 않으면 우리는 뛰어내릴 거예요!"

"요구 사항? 웃기고 있네. 당장 내려오라니까!"

이상해 씨가 고래고래 소리를 질렀고, 경찰이 이상해 씨의 확성기를 빼앗았다.

"학생들, 이러지 말고 내려와요. 내려와서 차근차근 이야기합시다."

"아니요. 우리는 여기서 이야기할 거예요. 요구 사항을 들어주기 전까지는 절대 내려가지 않을 거예요!"

교실에서 자습하고 있던 아이들이 하나둘씩 바깥으로 나오기 시작했다. 선생님들이 들어갈 것을 명령했지만 아이들은 움직이지 않았다.

1층 화단 쪽은 아이들로 꽉 찼다.

"도대체 학생들의 요구 사항이 뭡니까?"

경찰이 확성기에 대고 큰 소리로 물었고, 순간 사방이 조용해졌다.

"내가 말할게."

아이들이 내게 확성기를 건넸다. 난 크게 숨을 한 번 내쉰 후, 확성기를 들고 난간에 섰다.

"모란반을, 모란반을 폐지해 주세요! 저희의 요구 사항은 이 것입니다. 선생님들께서 폐지한다는 약속을 해 주시면 그때 내려가겠습니다.”

아래에서 웅성거리는 소리가 옥상까지 들렸다. 이상해 씨가 아이들에게 조용히 하라고 소리쳤지만 아이들은 듣지 않았다.

“너희, 도대체 누구야? 몇 학년 몇 반이냐고? 말도 안 되는 소리 하지 말고 당장 내려와!”

내가 긴장하여 아무 말도 못하고 서 있자, 소울이가 내 손에서 확성기를 가져갔다.

“모란반을 폐지하지 못하겠다면 저희는 뛰어내리겠습니다. 모란반은 학생들을 독려하는 게 아니라 학생들을 차별하고 가둘 뿐입니다. 왜 같은 학교 학생을 성적이 좋다는 이유로 다르게 대우하는 겁니까? 그뿐만이 아닙니다. 모란반이라는 이유로, 모란반이 아니라는 이유로 학생들이 받는 스트레스는 말도 못합니다. 제발 저희를 등급화시키지 마세요!”

소울이가 확성기에 대고 또박또박 말했다.

“너희가 누군지 알아내지 못할 것 같아? 당장 내려와! 당장 내려오라고!”

이상해 씨는 넥타이를 풀어 헤치더니, 더 이상 화를 참지 못하고 양복 재킷까지 벗어 땅바닥에 던졌다.

“십 분의 시간을 드리겠습니다. 십 분 안에 결정을 내려 주세요!”

난간 뒤쪽으로 몸을 숙여 주저앉았다. 찬바람이 쌩쌩 불었지만, 긴장해서 그런지 조금도 춥지 않았다. 오히려 가면 속 얼굴이 땀으로 젖어 답답하기까지 했다.

준비해 온 물을 꺼냈다. 무척 목말랐지만 물이 제대로 넘어가지 않았다.

"잘될 거야. 걱정하지 말자."

"응."

해가 져 주위가 온통 깜깜했다. 우리는 손전등 불빛으로 서로를 확인했다.

옥상 벽에 기대 앉아 있는데, 혜지가 몸을 배배 꼬았다.

"야, 너 왜 그래? 너 혹시?"

"얘들아, 나 오줌 마려워."

혜지의 목소리가 갈라졌다. 혜지는 당장 쌀 것 같다고 했다.

"저기서 싸."

소울이가 옥상 왼쪽 구석을 가리켰다.

"그래도 돼?"

"지금은 그럴 수밖에 없잖아."

혜지는 소울이의 말이 떨어지기도 전에 왼쪽으로 뛰어갔다.

"안 되겠어. 나도 마려워."

지형이가 혜지가 있는 쪽으로 뛰어갔다. 둘을 보고 있으니

나도 오줌이 마려워 그쪽으로 달려가 동참했다.

볼일을 보고 있는데 소울이가 다가왔다.

닌자 거북이 가면을 쓰고 넷이 조르르 앉아 오줌을 누는 장면은 가관이었다. 오줌 싸는 닌자라니, 우리는 깔깔대며 웃었다.

원래 있던 자리로 돌아왔지만 오줌 냄새가 여기까지 났다. 소울이가 냄새가 지독하다고 하자, 지형이는 똥이 아닌 게 얼마나 다행이냐며 킥킥댔다.

"1학년 3반 이소울! 고은비! 나지형! 백혜지! 당장 내려와!"

아래에서 우리의 이름을 부르는 게 들렸다.

"뭐야? 어떻게 우리를 안 거야?"

난간으로 고개를 살짝 내밀어 보니, 이상해 씨가 씩씩대고 있는 게 보였다.

다시 한 번 이상해 씨가 우리의 이름을 불렀다.

"어떡해?"

"우리가 아닌 척하는 거 어때?"

이건 예상 시나리오와 달랐다. 예상대로라면 지금쯤 우리는 정체를 들키지 않은 채 조용히 이상해 씨와 협상을 끝낸 후, 택시를 타고 유유히 사라졌을 것이다. 하지만 옥상에 올라온 지 벌써 두 시간이 훌쩍 지났는데 아무 성과도 없다.

"이소울! 다 네가 주도한 거지? 내가 모를 줄 알아? 너 정말 자꾸 이럴래?"

이상해 씨가 확성기에 대고 버럭 화를 냈다.

"아이씨, 이상해 씨는 왜 나 보고만 뭐라는 거야?"

소울이가 툴툴거렸다. 이상해 씨가 소울이를 가만 놔두지 않겠다고 엄포를 놓았고, 옆에 서 있던 교감 선생님은 지금이라도 내려오면 모든 걸 다 용서하겠다며 우리를 타일렀다.

"우리 이제 어떻게 해?"

"몰라. 큭큭."

혜지가 걱정되어 물었지만, 지형이는 뭐가 재미있는지 갑자기 웃기 시작했다.

"예상 시나리오 같은 거, 다 쓸데없는 거였어. 언제 우리가 예상대로 된 적 있어? 항상 일이 제멋대로 되어 곤란했잖아."

지형이가 바닥에 털썩 하고 주저앉았다. 지형이의 말대로 또 곤란한 일이 생겼을 뿐이다. 곤란한 내 이름과 외모, 그리고 곤란한 상황. 뭐 괜찮다. 우리가 해야 할 일은 곤란함에 빠져 넋 놓고 있는 게 아니라, 어떻게든 곤란한 걸 이겨 내야 하는 것이니까.

"은비야!"

"지형아!"

"소울아!"

"혜지야!"

또다시 아래쪽에서 우리를 불렀다. 이번엔 이상해 씨가 부르는 게 아니었다. 목소리가 각각 달랐다.

"야, 우리 일어서자."

"뭐?"

"우리가 왜 숨어? 창피한 건 우리가 아니라고! 우리는 당당해야 해. 쫄지 말고, 제대로 요구해야 한다고!"

소울이가 소리쳤다. 지금 우리는 나쁜 짓을 하고 있는 게 아니다. 꿈을 찾기 위해, 진정으로 원하는 것을 이루기 위해 협상을 하는 것뿐이다.

벌떡 일어서서 아래를 쳐다봤다. 그런데 아래쪽에 엄마와 아빠가 와 있었다. 순간 숨이 멎는 듯했다.

"이상해 씨가 연락했나 봐. 어떡하지?"

"엄마가 날 죽일 거야."

"나도 마찬가지야."

어떻게 해야 할지 몰라 우왕좌왕하고 있는데, 혜지네 엄마가 확성기에 대고 말했다.

"혜지야, 미안해. 엄마가 잘못했어. 그러니까 얼른 내려와!"

혜지네 엄마가 울먹였다. 그런데 갑자기 어떤 아줌마가 혜지네 엄마가 들고 있는 확성기를 빼앗아 들었다.

"우리 강아지, 그만하고 빨리 내려와요!"

지형이네 엄마, 아니면 소울이네 엄마일 것이다. 지형이가 손을 내저으며 자기 엄마가 아니라고 하자 소울이가 "아이씨." 하고 고개를 숙였다.

이번엔 다른 아줌마가 확성기를 빼앗아 소리쳤다.

"지형아, 쌍꺼풀 수술 시켜 줄게. 빨리 내려와!"

지형이가 "아싸." 하고 외치며 춤을 췄다.

"고은비, 도대체 뭐가 문제야? 너 정말 왜 그래?"

이번엔 우리 엄마다. 엄마가 울면서 소리쳤다. 우는 엄마의 모습을 보니 마음이 편치 않았다. 지금 나, 잘못하고 있는 걸까?

"야, 우리 그만 가면 벗자. 너무 더워."

소울이가 가면을 벗었다.

"그래, 이미 다 들켰으니까."

우리도 소울이를 따라 가면을 벗었다. 사우나에 들어갔다 나온 것처럼 얼굴에 땀이 흥건했다. 손으로 이마를 닦았더니 땀이 잔뜩 묻어났다.

얼굴을 감싸던 답답함이 사라졌다. 우리는 들고 있던 가면을 1층 아래로 힘껏 던졌다. 아래쪽에 있는 사람들은 우리가 뛰어내리려는 줄 알고 놀라, 제발 뛰어내리지 말라고 한꺼번에 소리쳤다. 부모님들은 기겁을 하며 몸을 떨었고, 학생들은 발을 동동 구르며 멈추라고 했다. 우리는 옥상에서 한 발짝 뒤로 물러났다.

어떻게 할지 상의했다. 이대로 물러설 수는 없다. 우리는 협상을 계속 하기로 했다.

가면을 벗은 채로 난간에 나타나자, 엄마들이 더 오열했다. 이런…… 어떻게 해야 하지?

"릴라야, 말해."

"고뚱땡, 하고 싶은 이야기 하라고."

"그래, 은비야."

아이들이 내 어깨를 두드려 주었다. 난 떨리는 손으로 소울이에게 확성기를 받았다.

"어, 엄마, 아, 아빠."

떨려서 말이 제대로 나오지 않았다. 암시를 걸었다. 여긴 연극 무대고, 지금 나는 연기를 하는 것이다.

"저 연극하게 되었어요. 캐스팅됐다고요. 내일모레부터 공연이에요."

엄마가 비틀거리는 게 보였다. 난 눈을 질끈 감고 확성기를 얼굴에 더 가까이 댔다.

"그런데 모란반 보충 때문에 할 수가 없어요. 모란반을 나오고 싶은데, 그러면 엄마가 가만 있지 않을 거잖아요. 엄마, 나

의대도 싫고요, 모란반도 싫어요. 나 배우가 되고 싶어요. 연기하고 싶단 말이에요. 엄마는 꿈은 잘 때나 꾸라고 하는데, 나 그거 싫어요. 나, 배우 할 거예요. 정말정말 하고 싶어요!"

아래쪽에서 박수 소리가 들렸다. 학생들이 내 이야기에 환호를 외쳤다.

조심스럽게 눈을 떴다. 다행히 엄마는 쓰러지지 않았다.

"알았으니까 내려와서 이야기하자. 제발 좀 내려와."

엄마가 울면서 말했다.

"그럼 나 연극해도 돼?"

"그래, 은비야, 하고 싶은 대로 해. 그러니까 내려와!"

엄마 대신 아빠가 대답했다. 엄마는 아무 말도 하지 않고 아빠에게 기대서 있었다.

이제 끝이 났다고 생각하는 순간, 갑자기 지형이가 내 손에 있던 확성기를 빼앗아 난간 앞에 섰다.

"윤병철 선생님, 제 노트 돌려주세요! 그거 정말 저한테 소중한 거예요! 제가 석 달 동안 쓴 시나리오란 말이에요! 앞으로 수업 시간에 딴짓 안 할게요. 그러니까 제발 돌려주세요. 저에겐 시나리오가 전부예요. 작가가 되는 게 제 꿈이란 말이에요. 매일 공부 안 한다고 잔소리하시는데, 저한테는 그게 공부란 말이에요. 그거 돌려주지 않으시면 저 절대 안 내려가요!"

아래쪽 사람들의 시선이 모두 이상해 씨에게 쏠렸다. 지형이네 아빠가 이상해 씨 멱살을 잡을 것처럼 달려들자 다른 선생님들이 막았다.

결국 이상해 씨는 지형이에게 노트를 돌려주겠다고 약속했다.

"지형아, 나 확성기 좀 줘."

이번엔 혜지가 확성기를 들고 난간에 섰다. 혜지의 목소리가 떨렸다.

"아빠, 엄마! 저 정말 미국 가기 싫어요. 저 영어도 무지 못하고요, 외국 사람들 너무 무서워요. 머리가 나쁜 걸 어떻게 해요? 아무리 공부해도 성적이 안 오르는 걸 어떻게 해요? 제발 저 미국 보내지 마세요!"

혜지는 울면서도 또박또박 자신의 생각을 전달했다.

"알았어, 미국 안 보낼게. 그러니까 제발 내려오렴."

혜지의 부모님이 소리쳤다. 혜지는 눈물을 닦으며 웃기 시작했다. 울다가 웃으면 안 뇌는네, 나 역시 웃음이 멈추지 않았다.

"학생들, 원하는 대로 해 준다고 했으니 이제 그만 내려와요!"

경찰이 소리쳤고, 선생님들과 부모님들도 제발 내려오라고 애원했다.

"저기, 잠깐만."

소울이가 자기도 할 말이 있다며 확성기를 들었다. 우리는 긴장한 채 소울이를 바라보았다.

"난 모란반이 싫어요!"

소울이는 딱 한마디를 했다. 순간 아래쪽과 옥상 위 전체에 정적이 흘렀다.

"이제 됐어. 그만 내려가자."

소울이가 확성기를 내려놓았다. 우린 지금 내려가겠다는 뜻을 아래에 전달했다.

"그런데 우리 좀 혼나겠지?"

지형이가 옥상에 들고 왔던 물건들을 챙기며 물었다.

"좀? 아마 죽지 않을 만큼 혼날 거야."

소울이가 고개를 설레설레 저으며 대답했다.

만약 이렇게까지 일이 커질 줄 알았다면 우리는 옥상에 올라오지 않았을까? 글쎄, 잘 모르겠다. 어쩌면 이미 알면서도 일부러 모른 척했는지도.

이상해 씨에게, 엄마에게, 담임 선생님에게 얼마나 많이 혼날까? 그것도 잘 모르겠다. 지금은 배가 고플 뿐이다. 아주아주 많이.

11

마주 서다

오늘 아침도 토스트다. 아빠가 프라이팬에 구운 식빵에 딸기 잼을 발라 주었다. 아빠가 해 주는 요리는 정말 오랜만이지만 솔직히 맛은 별로다. 빵을 바짝 구워야 하는데, 제대로 굽지 않아 흐물거린다. 엄마는 오늘도 방에서 나올 생각을 하지 않는다.

"오늘 공연 7시지?"

"아빠, 올 수 있어?"

"그럼. 첫날인데 당연히 가야지."

아빠는 내가 방송국에 드나드는 걸 별로 좋아하지 않았다. 그래서 엄마가 아빠 몰래 나를 데리고 다녔다. 연극하는 것을 들키면 엄마보다 아빠가 더 화를 낼 줄 알았다. 하지만 아빠는 연극 무대에 서는 것에 대해, 옥상 일에 대해 별 다른 말을 하지 않았다. 엄마만 잔뜩 화가 나 있었다.

"진작 알았다면 이렇게까지 되지 않았을 텐데."

아빠는 내게 미안해했다. 옥상에서 내려와 선생님들과 경찰들에게 매우 많이 혼났고, 주위까지 금방 소문이 퍼져 많은 사람들에게 시달렸다.

"오늘 학교까지 데려다 줄게."

"안 그래도 되는데."

남은 토스트를 다 먹어 치우고 식탁에서 일어섰다.

아빠와 함께 현관문을 나서려는데, 발이 떨어지지 않았다.

"아빠 먼저 내려가. 난 잠깐 엄마 좀 보고 갈게."

"늦지 않게 내려와."

아빠가 나가는 것을 보고, 안방으로 갔다.

"똑똑."

아무 기척도 없었다. 조심스럽게 문을 열고 방으로 들어갔다. 엄마는 나를 보더니 몸을 반대쪽으로 돌렸다.

"엄마."

조용히 엄마를 불렀다.

"미안해, 엄마. 그리고 고마워. 연극 무대 서는 거 허락해 줘서. 나 오늘 첫 공연이야. 엄마가 반대하는 거, 다 나 걱정해서 그러는 거 알아. 내가 제대로 된 연기자가 못 될까 봐. 그래서 밥벌이도 못 할까 봐 그러는 거 알아. 그런데 엄마, 나 연기하는 게 너무 좋아. 재능 있다고 칭찬도 많이 받았고. 나 무지 열심히 할 거야. 그래서 꼭 유명한 배우가 될 거야. 화장대 위에 표 놓고 갈게. 오늘 꼭 와 줘."

엄마의 대답을 듣기 위해 한참을 서 있었다. 하지만 엄마는 아무 말도 하지 않았다.

"다녀올게, 엄마."

문을 열고 나왔다.

나 자신에게 좋은 '나'가 되는 대신, 엄마에게는 나쁜 딸이 되어 버렸다. 나에게도 좋고, 엄마에게도 좋은 '나'가 될 수는 없는 걸까? 이 문제는 너무 어렵기만 하다.

이상해 씨가 교무실로 우리를 불렀다. 어제는 하루 종일 체육관 청소를 시키더니, 오늘은 교무실 청소를 하란다.

"너희가 그 닌자 서북이냐? 이것들을 그냥! 으이구."

지나가는 선생님들마다 한 대씩 꿀밤을 먹였다. 문 쪽 청소를 맡은 지형이는 백 대도 더 맞았다며 억울해했다. 한 선생님이 한 번만 때리고 가면 좋을 텐데, 같은 선생님이 지나갈 때마다 때리고 가서 어떤 선생님에게는 열 대나 맞았단다.

우리는 일주일간의 유기 정학을 받았다. 정학이라고 해서 학교를 나오지 않는 건가 하고 좋아했는데 등교는 해야 했다. 원래는 상담실에서 반성문을 쓰는 거였지만 이상해 씨가 괘씸하다며 학교 전체를 청소시키겠다고 으름장을 놓았다.

점심시간이 되자 잠깐의 휴식 시간이 주어졌다. 이상해 씨는 십 분 만에 점심을 먹고 곧바로 교무실로 와서 유리창을 닦으라고 했다.

"아이씨, 차라리 수업 받는 게 낫다. 안 그래? 힘들어 죽겠어."

소울이는 밥을 먹다 말고 주먹으로 어깨를 두드리며 투덜댔다.

"내일은 어디 청소를 시킬까? 과학실? 운동장?"

"몰라. 화장실 청소만 아니면 돼. 화장실 청소까지 시키면 도망가 버릴 거야."

"야, 그래도 일하고 난 다음이라서 그런지 밥이 꿀맛이지 않냐?"

"고뚱땡, 넌 원래 모든 게 다 꿀맛이잖아."

난 못 들은 척하고 밥을 계속 먹었다.

지나가던 학생 몇 명이 우리를 가리키며 자기들끼리 뭐라고 이야기를 주고받았다. 옥상 사건을 계기로 우리는 본의 아니게

스타가 되었다. 아이들 대부분이 우리를 알아보았다. 반은 우리에게 멋있다고 했지만, 반은 우리를 비난했다. 욕을 먹어도 뭐 괜찮다. 원래 스타는 팬 반, 안티 팬 반으로 이루어지는 거다.

"야, 그만 가자. 이상해 씨한테 혼나겠어."

시계를 본 소울이가 급하게 급식판을 들고 일어났다. 소울이는 이상해 씨에게 당장이라도 덤빌 것처럼 굴더니, 시간을 못 맞출까 봐 전전긍긍했다. 우리도 소울이를 따라 일어섰다.

모란반을 폐지시키겠다는 우리의 계획은 실패했다. 하지만 궁극적인 우리의 목적은 다 이루었다. 모란반이 없어지는 대신 내가 모란반에서 퇴출당했다. 난 모란반에서 성적이 아닌 다른 이유로 잘린 최초의 학생이 되었다.

지형이는 이상해 씨에게 노트를 돌려받았다. 이상해 씨 손에 들어간 물건이 되돌아온 역사가 한 번도 없었지만, 경찰과 모든 학생이 지켜보는 앞에서 약속한 거라 어쩔 수 없었다. 그리고 혜지는 미국에 가지 않게 되었다. 혜지를 미국에 보내면 큰일이 날 게 분명하다며, 혜지네 부모님은 더 이상 혜지의 유학을 알아보지 않는다고 했다. 하지만 우리는 계속해서 혜지의 과외를 받을 생각이다. 혜지네 집에는 각종 영화 DVD가, 꽃미남 영민이가, 그리고 영화감독 외삼촌이 살고 있으니까.

내가 아이들을 보며 흐뭇하게 웃고 있는데, 유리창을 닦던 지형이가 한마디 했다.

"야, 그렇게 웃지 마. 꼭 미친 고릴라 같아."

유리창 청소가 끝나자 이상해 씨는 교무실 벽을 닦으라는 지령을 내렸다. 아무래도 이번 기회에 학교 대청소를 하려고 단단히 마음먹은 것 같았다.

걸레를 빨아 와 벽에 묻은 얼룩을 제거했다. 선생님들이 수업에 들어가서인지 교무실은 썰렁했다.

"야, 이것 봐. 부적이야."

이상해 씨 책상 옆의 캐비닛과 벽 사이에 선녀 보살이 써 주었던 부적이 붙어 있었다. 그런데 접착력이 약한지 달랑거렸다.

"이제 다 끝났으니까 떼 버리자."

지형이가 캐비닛과 벽 틈으로 손을 넣어 부적을 떼 내었다. 지형이가 부적을 구겨 쓰레기통에 버리려고 하는데 갑자기 소울이가 부적을 가로챘다. 그리고 이상해 씨 책상 위에 있던 풀을 가져와 부적에 바르기 시작했다.

"끝나긴 뭐가 끝나? 난 이제 시작이야."

소울이는 원래 붙어 있던 자리보다 더 깊숙이 손을 넣어 부적을 붙였다.

공연 시작이 십 분밖에 남지 않았다. 긴장을 풀기 위해 입으로 천천히 여러 차례 숨을 내쉬었다. 무대 객석에 앉아 있는 관객들을 보고 나니 더 떨린다. 리허설 때는 관객이 없어 공연장이 크다는 생각을 하지 않았는데, 관객이 앉아 있는 걸 보니까 소극장이 꼭 축구 경기장처럼 느껴졌다.

"예쁜 은비, 어제 좋은 꿈 꿨어?"

이종옥 선생님이 대기실로 들어왔다. 얼른 일어나 선생님에게 인사를 했다.

"잘할 수 있어. 긴장하지 말고, 연습 때처럼만 해. 알았지?"

"네."

선생님과 이야기하고 있는데, 정 감독님이 들어와 바깥에 나가 보라고 했다.

문 앞에는 소울이와 지형, 혜지가 와 있었다.

"어어, 릴라, 분장하니까 진짜 배우 같은데?"

"은비야, 잘해야 해. 알았지?"

"고뚱땡, 제대로 해. 어떻게 해서 하게 된 공연인데. 알았지? 나 청소하느라 힘들어 죽겠어."

"알았어."

친구들을 보고 나니 긴장이 조금 풀렸다.

공연이 곧 시작된다는 방송이 나왔고, 난 아이들에게 인사를 하고 대기실 안으로 들어왔다.

이종옥 선생님이 먼저 무대 위에 올랐다. 나는 삼십 분 정도 지난 후에야 무대에 선다.

"긴장하지 마, 은비야."

감독님이 다가와 어깨를 두드려 주었다.

고개를 살짝 내밀어 객석 쪽을 보았다. 맨 앞자리에 지형이와 소울, 혜지가 앉아 있다. 그 옆자리에는 아빠와 담임 선생님도 보였다. 아무리 찾아봐도 엄마는 없다.

후유.

앞으로 살아가면서 얼마나 더 많은 장애물과 마주치게 될지는 알 수 없다. 때론 장애물을 피해 돌아가야 하는 일도, 적당히 타협해야 하는 일도 있겠지만, 할 수 있다면 장애물을 부술 것이다. 우리는 충분히 그래도 되는 나이니까.

"고은비, 네 차례야. 들어가."

감독님의 사인이 떨어졌다. 심호흡을 크게 한 번 한 후, 무대 쪽으로 발걸음을 옮겼다.

저기, 내가 그토록 꿈꾸던 무대가 있다.

작가의 말

　가끔 닌자걸스를 만나는 상상을 한다. 내가 떨리는 마음을 애써 감추고, "반가워. 음, 편하게 언니라고 불러."라고 말한다면 아이들은 어떤 반응을 보일까?

　소울이는 "언니는 무슨. 이모 같은데요?"

　지형이는 "피부 관리가 중요하다던데. 관리 좀 하세요."

　혜지는 "언니한테 무슨 말버릇이야? 나이 들면 원래 다 저래. 그렇죠, 언니?"라고 말할 테지.

　그리고 은비는 아이들의 반응을 지켜보며 가만히 있다가, 내가 맛있는 것을 사 준다고 하면, 슬그머니 "언니, 저도 반가워요."라고 말할 거야.

　이 소설을 쓰면서 얼마나 많이 웃었는지 모른다. 컴퓨터 모니터 앞에 오래 앉아 있어 생긴 안구 건조증으로 안과에 가서 눈물샘을 막으면서도 난 즐거웠다. 나의 십 대의 모습을 골고루 가지고 있는 너무나 사랑스러운 네 명의 아이들.

이제 난 아이들을 세상에 내보낸다. 험한 세상에 보내기가 두려워 안타깝게 아이들을 쳐다보면, 아이들은 누가 뭐랄 것도 없이 입을 모아 동시에 말할 것이다.

"우린 언니가 생각하는 것만큼 약하지 않아요."

강해져야 하는 건, 아이들이 아니라 나인지도 모른다.

사주에 난 인복이 많다고 하던데, 그래서인지 고마운 사람들이 참 많다. 책이 나오면 자기 일처럼 기뻐해 주는 예쁜 나의 지애, 지윤, 진아, 은주. 논문 쓰면서 힘들다고 징징거릴 때마다 날 격려해 주었던 연주 언니, 신정 언니, 향애 언니, 미란 언니, 나의 가장 오래된 벗 상미. 부족한 나를 작가라고 불러 주는 비룡소 가족들과 나의 배터리 박원영 팀장님, 그리고 늘 내 편인 가족과 수창 오빠.

이들이 있어, 내가 있다.

김혜정

블루픽션 37

닌자 걸스

1판 1쇄 펴냄	2009년 6월 26일
1판 13쇄 펴냄	2021년 7월 26일
지은이	김혜정
펴낸이	박상희
디자인	오진경
펴낸곳	(주)비룡소
출판등록	1994.3.17. (제16—849호)
주소	(06027) 서울시 강남구 도산대로1길 62 강남출판문화센터 4층
전화	영업 02)515—2000 편집 02)3443—4318,9
팩스	02)515—2007
홈페이지	www.bir.co.kr

제품명 **어린이용 반양장 도서** 제조자명 **(주)비룡소** 제조국명 **대한민국** 사용연령 **3세 이상**

ⓒ 김혜정, 2009. Printed in Seoul, Korea.

ISBN 978—89—491—2091—1 44810

ISBN 978—89—491—2053—9 (세트)

| 블루픽션 시리즈

1. 스켈리그 데이비드 알몬드 글/ 김연수 옮김
안데르센 상, 엘리너 파전 문학상, 카네기 상, 휘트브레드 상, 마이클 L.프린츠 상,
어린이도서연구회 권장 도서, 책교실 권장 도서, 중앙독서교육 추천 도서

2. 운하의 소녀 티에리 르냉 글/ 조현실 옮김
소르시에르 상, 어린이도서연구회 권장 도서

4. 0에서 10까지 사랑의 편지 수지 모건스턴 글/ 이정임 옮김
밀드레드 L. 배첼더 상, 어린이도서연구회 권장 도서

5. 희망의 섬 78번지 우리 오를레브 글/ 유혜경 옮김
안데르센 상 수상 작가, 밀드레드 L. 배첼더 상, 머더카이 상, 아침햇살 선정 좋은 어린이 책,
중앙독서교육 추천 도서, 책교실 권장 도서, 책따세 추천 도서

6. 뢰스 극장의 연인 자닌 테송 글/ 조현실 옮김
프랑스 '올해의 청소년 책', 소르시에르 상, 어린이도서연구회 권장 도서, 열린 어린이가 뽑은 좋은 책

7. 시인 X 엘리자베스 아체베도 글/ 황유원 옮김
카네기상, 내셔널 북 어워드, 마이클 L. 프린츠 상, 보스턴 글로브 혼 북 상, 골든 카이트 어워드,
아침독서 추천 도서

9. 이매지너리 프렌드 매튜 딕스 글/ 정회성 옮김

10. 초콜릿 전쟁 로버트 코마이어 글/ 안인희 옮김
미국 도서관 협회 선정 도서, 뉴욕타임스 선정 도서, 어린이도서연구회 권장 도서

11. 전갈의 아이 낸시 파머 글/ 백영미 옮김
뉴베리 상, 국제 도서 협회 선정 도서, 마이클 L. 프린츠 상, 책교실 권장 도서, 어린이도서연구회 권장 도서

13. 나의 산에서 진 C. 조지 글/ 김원구 옮김
뉴베리 상, 미국 도서관 협회 선정 도서, 어린이도서연구회 권장 도서,
열린 어린이가 뽑은 좋은 책, 책교실 권장 도서

15. 우리 형은 제시카 존 보인 글/ 정회성 옮김
줏대있는 어린이 추천 도서

17. 푸른 황무지 데이비드 알몬드 글/ 김연수 옮김
안데르센 상, 엘리너 파전 문학상, 스마티즈 상, 마이클 L.프린츠 상, 어린이도서연구회 권장 도서

18. 킬리만자로에서, 안녕 이옥수 글
학교도서관저널 추천 도서

20. 기억 전달자 로이스 로리 글/ 장은수 옮김
뉴베리 상, 보스턴 글로브 혼 북 명예상, 어린이도서연구회 권장 도서,
열린 어린이가 뽑은 좋은 책, 교보문고 추천 도서

22. 내 인생의 스프링캠프 정유정 글
세계청소년문학상, 문화관광부 교양 도서, 어린이도서연구회 권장 도서,
교보문고 추천 도서, 학도넷 추천 도서

23. 줄무늬 파자마를 입은 소년 존 보인 글/ 정회성 옮김
아일랜드 '오늘의 책', 행복한 아침독서 추천 도서, 교보문고 추천 도서

25. 파랑 채집가 로이스 로리 글/ 김옥수 옮김
어린이도서연구회 권장 도서

26. 하이킹 걸즈 김혜정 글
블루픽션상, 한국문화예술위원회 우수문학도서, 책따세 추천 도서, 학도넷 추천 도서

27. 지구 아이 최현주 글
제11회 블루픽션상 수상작

28. 나는 브라질로 간다 한정기 글
황금도깨비상 수상 작가, 소년조선일보 추천 도서, 중앙일보 추천 도서

29. 키싱 마이 라이프 이옥수 글
한국문화예술위원회 우수문학도서, 어린이도서연구회 권장 도서, 교보문고 추천 도서,
전국독서새물결모임 추천 도서, 학교도서관저널 추천 도서

30. 꼴찌들이 떴다! 양호문 글
블루픽션상, 행복한 아침독서 추천 도서, 교보문고 추천 도서, 책따세 추천 도서,
경기도학교도서관사서협의회 추천 도서, 중앙일보 북클럽 추천 도서

31. 우연한 빵집 김혜연 글
문학나눔 선정 도서, 학교도서관저널 추천 도서, 책따세 추천 도서, 아침독서 추천 도서,
어린이도서연구회 추천 도서

32. 생쥐와 인간 존 스타인벡 글/ 정영목 옮김
미국 도서관 협회 선정 도서, 국립어린이청소년도서관 추천 도서

33. 두 개의 달 위를 걷다 샤론 크리치 글/ 김영진 옮김
뉴베리 상, 미국 어린이 도서상, 스마티즈 북 상, 영국독서협회 상 수상작,
경기도학교도서관사서협의회 추천 도서, 학도넷 추천 도서

34. 침묵의 카드 게임 E. L. 코닉스버그 글/ 햇살과나무꾼 옮김
스쿨 라이브러리 저널 선정 최고의 책, 에드거 앨런 포 상 노미네이트,
경기도학교도서관사서협의회 추천 도서, 아침독서 추천 도서

35. 빅마우스 앤드 어글리걸 조이스 캐럴 오츠 글/ 조영학 옮김
스쿨 라이브러리 저널 선정 최고의 책, 미국 도서관 협회 선정 최고의 청소년 책,
뉴욕 공립 도서관 추천 도서, 학교도서관저널 추천 도서

36. 서쪽 마녀가 죽었다 니시키 가오 글/ 김미란 옮김
소학관 문학상, 일본 아동문학가협회 신인상, 한국간행물윤리위원회 청소년 권장 도서,
어린이도서연구회 권장 도서, 아침독서 추천 도서, 책따세 추천 도서

37. 닌자걸스 김혜정 글
전국학교도서관담당교사모임 추천 도서, 아침독서 추천 도서

38. 첫사랑의 이름 아모스 오즈 글/ 정회성 옮김
안데르센 상, 제브 상

39. 하니와 코코 최상희 글
블루픽션상, 사계절문학상 수상 작가, 학교도서관저널 추천 도서

40. 파랑 치타가 달려간다 박선희 글

제3회 블루픽션상 수상작, 학교도서관저널 추천 도서, 아침독서 추천 도서,
어린이도서연구회 권장 도서, 책따세 추천 도서, 문화체육관광부 우수교양도서

41. 나는, K다 이옥수 글

학교도서관저널 추천 도서

42. 어쩌자고 우린 열일곱 이옥수 글

한국도서관협회 우수문학도서, 학교도서관저널 추천 도서

43. 앉아 있는 악마 김민경 글

44. 최후의 Z 로버트 C. 오브라이언 글/ 이진 옮김

뉴베리 상 수상 작가

46. 줄리엣 클럽 박선희 글

제3회 블루픽션상 수상 작가, 대한출판문화협회 선정 올해의 청소년 도서,
한국도서관협회 선정 우수문학도서

47. 번데기 프로젝트 이제미 글

제4회 블루픽션상 수상작

48. 뚱보가 세상을 지배한다 K.L. 고잉 글/ 정회성 옮김

마이클 L. 프린츠 아너 상

49. 파랑 피 메리 E. 피어슨 글/ 황소연 옮김

미국학교도서관저널, 미국도서관협회 선정 청소년 분야 '최고의 책',
학교도서관저널 추천 도서, 책따세 추천 도서

50. 판타스틱 걸 김혜정 글

제1회 블루픽션상 수상 작가, 대한출판문화협회 선정 올해의 청소년 도서,
고래가 숨쉬는 도서관 선정 도서, 한국도서관협회 선정 우수문학도서,
경기도학교도서관사서협의회 추천 도서

51. 어쨌거나 스무 살은 되고 싶지 않아 조우리 글

제12회 블루픽션상 수상작

52. 우리들의 팝조로름한 여름날 오채 글

마해송 문학상 수상 작가, 한국도서관협회 선정 우수문학도서,
국립어린이청소년도서관 추천 도서, 경기도학교도서관사서협의회 추천 도서,
2017 순천시 One City One Book 선정 도서

53. 웰컴, 마이 퓨처 양호문 글

제2회 블루픽션상 수상 작가, 대한출판문화협회 선정 올해의 청소년 도서,
경기도학교도서관사서협의회 추천 도서

54. 초록 눈 프리키는 알고 있다 조이스 캐럴 오츠 글/ 부희령 옮김

미국 내셔널북어워드, 오헨리 상 수상 작가, 경기도학교도서관사서협의회 추천 도서,
국립어린이청소년도서관 추천 도서

56. 메신저 로이스 로리 글/ 조영학 옮김

뉴베리 상, 보스턴 글로브 혼 북 명예상 수상 작가, 경기도학교도서관사서협의회 추천 도서

59. 고백은 없다 로버트 코마이어 글/ 조영학 옮김

전미 도서관 협회 선정 청소년을 위한 최고의 책,
퍼블리셔스 위클리 선정 최고의 책, 북리스트 편집자의 선택

61. 개 같은 날은 없다 이옥수 글

2013 서울 관악의 책 , 목포시립도서관 추천 도서 , 울산남부도서관 올해의 책,
책따세 추천 도서, 한국간행물윤리위원회 청소년 권장 도서, 한국도서관협회 우수문학도서,
국립어린이청소년도서관 추천 도서

63. 명탐정의 아들 최상희 글

제5회 블루픽션상 수상 작가, 문화체육관광부 우수교양도서

64. 갈까마귀의 여름 데이비드 알몬드 글/ 정회성 옮김

안데르센 상, 엘리너 파전 문학상, 카네기 상, 휘트브레드 상 수상 작가

65. 파랑의 기억 메리 T. 피어슨 글/ 황소연 옮김

67. 하필이면 왕눈이 아저씨 앤 파인 글/ 햇살과나무꾼 옮김

카네기 메달, 가디언 어린이 픽션 상

68. 반드시 다시 돌아온다 박하령 글

제10회 블루픽션상 수상작, 학교도서관저널 추천 도서, 세종도서 문학나눔 선정 도서

69. 원더랜드 대모험 이진 글

제6회 블루픽션상 수상작, 국립어린이청소년도서관 추천 도서, 아침독서 추천 도서

70. 나는 일어나, 날개를 펴고, 날아올랐다 조이스 캐럴 오츠 글/ 황소연 옮김

미국 내셔널북어워드, 오헨리 상 수상 작가

71. 칸트의 집 최상희 글

제5회 블루픽션상 수상 작가, 아침독서 추천 도서, 세종도서 문학나눔 선정 도서

72. 태양의 아들 로이스 로리 글/ 조영학 옮김

뉴베리 상, 보스턴 글로브 혼 북 명예상 수상 작가

73. 마법의 꽃 정연철 글

푸른문학상 수상 작가, 세종도서 문학나눔 선정 도서, 학교도서관저널 추천 도서

74. 파라나 이옥수 글

학교도서관저널 추천 도서, 사계절문학상 수상 작가, 책따세 추천 도서, 국립어린이청소년도서관
추천 도서, 세종도서 문학나눔 선정 도서, 아침독서 추천 도서

75. 그 여름, 트라이앵글 오채 글

마해송 문학상 수상 작가, 국립어린이청소년도서관 추천 도서, 아침독서 추천 도서

76. 밀레니얼 칠드런 장은선 글

제8회 블루픽션상 수상작, 학교도서관저널 추천 도서, 아침독서 추천 도서

77. 아르주만드 뷰티 살롱 이진 글

블루픽션상 수상작가, 한국출판문화진흥원 우수 콘텐츠 제작 지원 당선작

78. 굿바이 조선 김소연 글

◉ 계속 출간됩니다.